수레바퀴
아래서

KB192152

헤르만 헤세 지음

소설가이며 시인으로 1877년 독일 뷔르텐부르크에서 태어나 라틴어 학교에 입학했고,
이듬해 마울브론의 신학교에 들어갔습니다. 그러나 기숙사 생활을 견디지 못하고 나와
혼자서 시와 소설 공부를 했습니다. 그러던 중, 1899년 첫 시집 「낭만적인 노래」를 펴내
당시에 유명한 시인 릴케에게 인정을 받았습니다. 그 후, 1904년에 발표한 최초의 장편 소설
「페터카멘친트」로 확고한 문학적 지위를 얻었고, 1946년 「유리알 유희」로 노벨문학상을 받았습니다.
주요 작품으로 「지와 사랑」「싯다르타」「젊은 날의 초상」「수레바퀴 아래서」「동방 순례」
「환상 동화집」 등이 있으며, 1962년 85세의 나이로 세상을 떠났습니다.

이동렬 엮음

한국일보 신춘문예에 동화가 당선되어 문단에 나왔습니다.
그동안 「꾸도깨비의 이상한 장난」「워리와 벤지」「마지막 줄타기」「토토야! 우리 백두산 가자」
등을 펴내 세종아동문학상·해강문학상·이주홍아동문학상·올해의 작가상 등을 받았습니다.

2023년 7월 25일 2판 5쇄 **펴냄**
2011년 8월 10일 2판 1쇄 **펴냄**
2004년 3월 15일 1판 1쇄 **펴냄**

펴낸곳 (주)효리원
펴낸이 윤종근
지은이 헤르만 헤세
엮은이 이동렬 · **그린이** 전규만, 안성환(표지)
등록 1990년 12월 20일 · **번호** 2-1108
우편 번호 03147
주소 서울시 종로구 삼일대로 457, 406호
전화 02)3675-5222 · **팩스** 02)765-5222

잘못 만들어진 책은 구입하신 서점에서 바꾸어 드립니다.
ISBN 978-89-281-0104-7 64850

이메일 hyoreewon@hyoreewon.com
홈페이지 www.hyoreewon.com

수레바퀴
아래서

헤르만 헤세 지음
이동렬 엮음 / 전규만 그림

효리원
hyoreewon.com

오랜만에 헤르만 헤세의『수레바퀴 아래서』를 다시 읽다가 주
인공 한스가 죽는 순간, 나도 모르게 눈물을 흘렸습니다. 한스를
죽음에 이르게 한 것은 내 어렸을 적 뼈저린 경험과 같은 것이었
고, 지금 역시 언제든 마주칠 수 있는 진한 외로움이었기 때문입
니다.

한스는 어른들이 심어 주는 공허한 명예심, 스스로에 대한 강
박감, 친구들과 함께 어울려 놀기보다는 서로 경쟁하게 만드는
교육 제도, 따뜻하게 감싸 주지 못하는 가정, 어렵게 키운 우정
을 지키지 못하게 되는 상황, 유리벽에 갇혀 있는 것처럼 숨막히
는 주변의 시선들에 의해 결국 삶의 수레바퀴에 깔리게 됩니다.

『수레바퀴 아래서』는 독일의 유명한 작가 헤르만 헤세(1877~
1962)가 쓴 자전적 소설입니다.

헤르만 헤세는 자신의 경험을 토대로, 감수성이 예민한 청소
년들이 겪게 될 다양한 고민들을 이 작품을 통해 이야기하고 있
습니다. 그래서 한스의 행동을 하나하나 따라가다 보면 '나'는 곧

'한스'가 되고, 내 주변에는 나와 비슷한 갈등을 겪고 있는 또 다른 '한스'가 수없이 많다는 것을 알게 됩니다.

백여 년이란 오랜 세월이 흘렀지만, 한스가 느끼게 되는 여러 가지 체험과 생각들은 오늘날 우리들의 마음과도 통합니다. 그래서 이 작품을 탄생시킨 헤르만 헤세의 뛰어난 역량과 솜씨에 박수를 치게 됩니다. 그러면서도 아직까지 바뀌지 않은 교육 제도와 청소년들의 힘겨운 입시 경쟁에 가슴 한편이 아파 옵니다.

대화체도 적고, 이야기의 주제와 소재도 흥미로운 것이 아니기 때문에 요즘 어린이들이 읽어 내기가 쉽지 않을지도 모릅니다. 하지만 그렇다고 이런 것을 모른 체하고 비켜갈 수만도 없는 노릇입니다. 우리가 모른 체해도 우리 주위에서는 지금도 이 책 내용과 비슷한 일들이 많이 일어나고 있으니까요. 우리는 이 책을 통해 힘든 환경에 대비하는 지혜로움을 가져야 하겠습니다.

왜 사람들은 어린 한스의 무거운 짐을 덜어 주지 못했을까요? 그것은 진정으로 남을 위해 따뜻한 시선을 보내 줄 여유가 없었기 때문인지도 모릅니다. 각박해져만 가는 요즘 세상에, 더 이상 불행한 한스가 나오지 않도록 서로를 돌보아 주고, 나누며 함께 더불어 가는 세상이 되기를 기대해 봅니다.

엮은이 이 동 렬

초조한 나날들

요세프 기벤라트는 중개상을 겸한 대리점 주인이었다. 그는 건강한 신체를 가지고 있었으며, 장사를 하는 솜씨도 매우 좋은 편이었다. 직업 의식이 투철해 돈을 무척 소중하게 생각하는 사람이었지만, 불량한 마음으로 손님들을 속이거나 거짓말을 하는 사람은 아니었다.

요세프 기벤라트는 조그만 정원이 딸린 집을 가지고 있었고, 조상 대대로 물려받은 산도 있었다. 그는 하느님을 진심으로 섬기는 사람이었고, 웃어른에 대한 예의 범절도 깍듯한 사람이었다. 술을 좋아하기는 했지만 술주정을 부린 적은 없었으며, 가끔 잘못을 저지르기는 하지만 다른 사람들에게 비난받을 정도의 사고는 아니었다. 그런데 가난한 사람들은 그를 구두쇠라고 욕했고, 돈 많은 부자들은 교만한 인간이라고 비난했다.

그는 시민회 회원이었기 때문에 매주 금요일이면 '독수리' 식당에 나가 장기놀이를 했다. 그리고 빵을 굽는 날이나 시식회에는 빠짐없이 참석했다. 일을 할 때는 값이 싼 담배를 피웠지만, 식사 후나 일요일에는 고급 담배를 피웠다.

요세프 기벤라트의 가치관은 흔히 볼 수 있는 보통 사람들과 크게 다를 바가 없었다. 그가 예전에 지녔던 감성적이고 낭만적인 마음은 이미 흐릿해졌고, 남은 것이라고는 한 집안의 가장으로서 가족을 사랑하는 마음과 자식에 대한 자랑, 그리고 가난한 사람들에게 충동적으로 베푸는 자선 정도가 전부였다.

그에게는 남에게 피해를 주지 않을 정도의 교활성이 있었고, 적당히 계산적이기도 했다. 독서라고는 오직 신문을 읽는 일뿐이었고, 예술적인 행사라고는 매년 시민회에서 주관하는 연극을 구경하는 것이 전부였다.

요세프 기벤라트는 특별히 잘난 면도 부족한 면도 없었다. 아주 좋은 사람이라고 말할 수는 없지만 나쁜 사람도 아닌, 우리 주변에서 흔히 만날 수 있는 그런 사람이었다.

그에게는 아들이 하나 있는데, 이름은 한스 기벤라트였다.

한스 기벤라트는 아버지와 달리 모든 면에서 대단히 뛰어난 실력을 갖춘 영특한 소년이었다. 이 마을에서 지금까지 한스 기벤라트만큼 눈에 띄는 인물은 없었다. 그는 총명한 머리에 빛나는 눈동자의 소유자였으며, 걸음걸이까지 의젓한 멋진 소년이었다. 하지만 아무도 그의 영특함이 누구로부터 물려받은 것인지 알지 못했다.

사람들은 마을 관리 앞에서는 머리를 굽실거렸지만, 뒤돌아서는 빈정대고 손가락질을 했다. 그러면서도 자기 자식들은 공부를 열심히 해서 관리가 되기를 꿈꾸었다. 하지만 그것은 지나치게 큰 소망이었다. 대부분의 아이들은 라틴어 학교에서조차 수업을 따라가기 힘들어할 만큼 영특하지 못했기 때문이다.

하지만 한스 기벤라트는 예외였다. 그의 뛰어난 학업 능력에 대해서는 아무도 의심하지 않았다. 선생님들뿐만 아니라 마을 사람 모두가 한스 기벤라트의 명석한 두뇌를 철저하게 신뢰하고 인정했다.

슈바벤 마을에 살고 있는 사람들이 생각하는 성공의 길은 두 가지뿐이었다. 그것은 주 정부에서 실시하는 시험을 거쳐 신학교에 입학하거나, 튀빙겐 대학에 진학하여 목사나 선생님이 되는 것이었다.

그런데 몇 주 후에 주 정부에서 주최하는 시험이 예정되어 있었다. 그 시험이 진행되는 동안 많은 사람들의 눈과 귀는 시험장을 향하고 있었고, 골목마다 합격을 바라는 기도 소리가 끊이지 않았다.

한스 기벤라트는 이 작은 마을에서 유일한 수험생이었다. 그래서 매일 오후 네 시까지 수업을 받았고, 또다시 교장 선생님과 함께 그리스어를 공부했다. 그리고 그 이후에는 목사님께 라틴어와 종교 수업을 받아야만 했다. 그뿐아니라 일주일에 두 번씩은 저녁 식사를 마친 후 수학 선생님의 특별 지도가 기다리고 있었다.

너무 빡빡한 수업 일정 때문에 한스가 힘들어하지 않도록, 학교에서는 아침 수업 시작 전에 행해지는 성서 수업은 출석하지 않아도 좋다는 이례적인 허가를 내 주었다.

그러나 한스는 이 휴식 시간을 스스로 포기했다. 그 성서 시간에 그리스어나 라틴어 단어를 적은 쪽지를 꺼내 암기했던 것이다. 그러면서도 성서 수업에 열중하지 않는다는 생각에 불안과 초조함을 느껴야 했다.

감독 목사가 곁을 지날 때면 식은땀이 나고 가슴은 두근두근 방망이질을 해 댔지만, 막상 목사가 어떤 질문을 하면 정확하고 명쾌하게 대답했다. 또한 쓰고, 암기하고, 예습과 복습을 해야 했으므로 한스의 방은 언제나 밤늦게까지 불이 환하게 밝혀져 있었다. 그의 아버지는 석유가 많이 닳는다는 생각에 약간 언짢았지만, 한편으로는 그런 아들이 자랑스럽고 대견하다는 생각을 하곤 했다.

비교적 한가한 일요일에는 학교에서 미처 읽지 못한 책을 읽거나 문법을 복습하며 시간을 보냈다.

"무슨 일이든 지나치면 부족한 것보다 못한 법이란다. 언제나 책상에 앉아 있기보다는 가끔씩은 아무 생각도 하지 말고 산책을 할 필요도 있는 거야."

교장 선생님은 늘 그렇게 말씀하셨지만, 충분한 수면을 취하지 못한 한스는 눈가에 거무스름한 피로의 그림자를 단 채 공원을 헤매곤 했다.

"기벤라트는 합격하겠지요?"

"물론입니다. 그 아이만큼 영리한 아이는 아직껏 본 적이 없어요. 한스는 마치 공부를 즐기는 아이처럼 보입니다."

교장 선생님과 담임 선생님은 한스에게 많은 기대를 걸었다.

시간은 흘러 시험 날짜가 다가왔다. 한스는 마지막 인사를 하기 위해 교장 선생님 방을 들렀다.

"한스, 나에게 약속을 해 다오. 오늘 밤에는 더 이상 공부를 하지 않겠다고 말이다. 내일은 건강한 몸으로 슈투트가르트로 가서 시험을 쳐야 해. 지금부터 한 시간 동안 산책을 한 후에 충분히 잠을 자도록 하거라."

교장 선생님의 정감어린 충고를 들은 한스는 교문을 빠져나왔다. 주위를 둘러보니 커다란 분수가 소리를 내며 물기둥을 내뿜고 있었다. 또한 검고 푸른 전나무로 가득 덮인 산도 아름답게만 보였다.

다리 난간에 걸터앉은 한스의 뇌리에 갑자기 어린 시절 개울가에서 수영을 하고, 배를 저어 물살을 헤치며 낚시질을 하던 때가 떠올랐다.

'아, 낚시질! 내가 그동안 낚시까지도 완전히 잊어버리고 지냈구나. 깊고 조용한 물가에 평화롭게 앉아, 물고기가 걸린 낚싯대를 끌어올릴 때의 그 짜릿함이란! 파다닥 움직이는 물고기를 손에 넣었을 때의 기분은 정말 최고였지!'

한스는 큰 잉어를 낚은 적이 여러 번 있었다. 그는 개울가를 오랫동안 응시했다. 생각해 보니 자유롭고 아름다운 어린 시절의 즐거움은 이미 먼 옛날의 것이 되어 있었다.

한스는 주머니에서 빵 한 쪽을 꺼내 부스러기로 만든 다음 물속에 뿌렸다. 피라미들이 달려들어 빵 조각을 먹었다.

지난 일요일에 있었던 견진 성사가 떠올랐다. 모두들 경건한 마음으로 의식을 치르고 있는데, 그는 혼자 그리스어 동사를 머릿속으로 암기하고 있었다.

이런저런 생각을 정리한 한스는 다리 난간에서 일어났다. 그 순간 누군가의 손이 그의 어깨를 눌렀다.

"기분은 괜찮니? 잠깐 같이 걸을 수 있겠어?"

목소리의 주인공은 구두 장수 플라이크 아저씨였다. 한스는 가끔 저녁이면 밖으로 나와 플라이크 아저씨와 얘기를 나누곤 했다. 하지만 요새는 아저씨와 이야기를 할 시간이 없었다. 오랜만에 얼굴을 마주한 플라이크 아저씨는 시험에 관한 이야기를 꺼내더니, 실패하지 않을 거라고 격려해 주었다.

주 정부가 주관하는 시험은 대단한 것이 아니며, 만약 시험에 낙제를 한다 해도 전혀 부끄러울 것이 없다고 말했다.

또한 한스에게 이렇게 말했다.

"만약 시험에 떨어진다면 신이 인간의 특성을 고려해서 각자 알맞은 길을 걷도록 배려해 주신 것이란다."

한스는 종종 날카로운 질문을 던지곤 하는 아저씨를 만나는 것이 달갑지 않아 일부러 구둣방을 피해 온 자신의 옹졸한 행동이 부끄럽게 느껴졌다.

담소를 나누며 두 사람이 한참을 걷고 있는데, 맞은편에서 목사님이 다가왔다. 구둣방 아저씨는 목사에게 딱딱하고 냉정한 인사를 건네고는 빠른 걸음으로 지나가 버렸다. 왜냐하면 마을의 목사는 진보적인 신앙인으로 예수의 부활을 믿지 않는다는 소문이 있었기 때문이었다.

아저씨가 멀어지자 목사님이 입을 열었다.

"건강은 괜찮니? 쉽지 않은 시험 공부를 끝까지 해내다니, 정말 장하구나."

"감사합니다."

"하지만 앞으로가 더욱 중요하다. 마을 사람들 모두가 너한테 큰 기대를 걸고 있어. 특히 라틴어 시험에서 좋은 성적을 거두리라고 기대하고 있단다."

"하지만 제가 만약 시험에 떨어진다면……."

한스의 말에 목사는 당황했다.

"네가 낙제를 하다니, 그런 걱정은 하지 말거라. 넌 분명히 우수한 성적으로 합격할 거야. 그러니 용기를 가져!"

목사와 헤어진 한스는 구둣방 아저씨의 말씀을 떠올렸다.

'중요한 것은 라틴어 시험이 아니라, 바른 마음으로 하느님 말씀을 잘 따르고 실천하는 거야!'

하지만 그건 결코 쉬운 일이 아니라는 생각이 들었다.

또한 목사님은 절대 시험에 떨어지지 않을 거라고 말했지만, 그것 역시 용기를 주기 위한 말에 불과할 뿐이었다. 만약 낙제를 하게 된다면 그 말 때문에 오히려 목사님의 얼굴을 보기가 민망할 것 같았다.

기분이 우울했다. 발걸음을 집으로 돌렸다. 한스네 뜰에는 낡은 정자가 있었다. 한스는 작은 판잣집을 만들어 그 정자에 두고

3년 동안 토끼를 길렀다. 그러나 시험 때문에 지난 가을부터는 그 일을 포기할 수밖에 없었다.

오랜만에 정자를 찾은 한스는 곳곳을 살펴보았다. 그동안 정자는 아주 낡아 벽은 허물어져 있었고, 예쁘게 만든 장난감 물레방아 수레바퀴는 수도관 옆에 흩어져 있었다. 그런 것을 만들면서 즐거워하던 때가 불과 2년 전의 일이었다. 하지만 아주 오랜 옛날 이야기처럼 느껴졌다.

한스는 수레바퀴를 들어 담장 너머로 내던졌다. 그 순간 뇌리를 스쳐 가는 친구가 있었다. 바로 아우구스트였다. 아우구스트는 물레방아를 만들고, 토끼집을 고치는 일을 도와주었다. 둘은 이곳 정자에서 일요일 오후 늦게까지 시간 가는 줄 모르고 즐거운 시간을 보내곤 했다.

그러나 한스는 열심히 공부를 하지 않으면 안 되었다. 아우구스트 또한 일 년 전에 학교를 그만두고 기계공 견습생이 되었다. 그런 까닭에 한스는 아우구스트의 얼굴을 그 후로 두어 번밖에 보지 못했다.

구름은 서서히 모습을 감추고, 해는 벌써 저물어 가고 있었다.

한스는 갑자기 어린아이처럼 큰 소리로 울고 싶었다. 하지만 그럴 수는 없는 일이었다. 차고에서 손도끼를 들고 나왔다. 그러

고는 젖 먹던 힘까지 끌어 내 토끼집을 산산조각 냈다. 판자 조각 파편이 사방으로 흩어졌다.

한스는 부서진 토끼집을 땅바닥에 내팽개쳤다. 그렇게 하면 토

끼도, 아우구스트도, 행복했던 어린 시절의 추억도 모두 머릿속에서 지울 수 있을 것만 같았다.

"한스야, 이게 대체 무슨 짓이냐?"

"그냥 장작을 패는 거예요."

놀란 아버지의 말에 한스는 어물쩡거리며 대답했다. 그러고는 도끼를 내던지고 냇가를 향해 뛰었다.

양조장 곁에는 뗏목 두 개가 묶여 있었다. 예전에 그는 종종 뗏목을 타고 물을 건넜다. 어린 시절 아름다웠던 순간들이 자꾸만 가슴속에서 꿈틀거렸다.

한스는 저녁 식사 시간이 다 되어서야 집으로 돌아왔다.

"한스야, 내일 시험 볼 책은 다 챙겼니? 한 권이라도 빠뜨리면 안 된다. 참, 검은 옷은 잘 챙겨 뒀겠지?"

아들의 심리 상태를 알지 못한 아버지는 내일 있을 시험에 관한 질문을 끊임없이 던졌다.

한스는 짜증 섞인 목소리로 건성건성 대답하고는 침대에 벌렁 드러누웠다.

"푹 자거라. 잠을 푹 자야 시험을 잘 볼 수 있어. 내가 내일 아침 여섯 시에 깨워 주마. 혹시 중요한 사전 같은 것을 빠뜨리지는 않았겠지?"

"네, 아버지! 안녕히 주무세요."

한스는 방으로 향했다. 불도 켜지 않았지만, 오랫동안 잠을 이룰 수 없었다. 한스의 방은 시험을 철저하게 준비한다는 명목으로 얻은 훌륭한 선물이었다. 비록 넓지는 않았지만 누구에게도 방해받지 않는 자신만의 공간을 처음으로 가진 것이었다. 한스는 그 방에서 피로와 졸음과 싸우면서 밤 늦게까지 공부를 했다.

공부에 지쳐 절망감에 허덕인 적도 있었지만, 때로는 친구들이 놀고 있는 것과는 다른, 가치 있는 뭔가를 한다는 승리감과 도취감에 빠져들기도 했다.

'머잖아 모든 친구들이 부러워하는 훌륭한 사람이 될 거야. 많은 사람들이 우러러볼 수 있는 그런 사람 말야.'

그런 생각을 하면 피로가 행복으로 바뀌었다.

침대에 누워 몇 시간씩 공상을 하다가 까칠해진 두 눈을 꿈뻑거리며 잠이 들곤 했다.

드디어 시험날 아침이 밝았다.

교장 선생님은 이른 시각임에도 불구하고 정거장까지 배웅을 나왔다. 기벤라트 씨는 모처럼 검정색 코트를 입고는 흥분과 기쁨으로 들떠 있었다. 그는 배웅 나온 많은 사람들 사이를 바쁜 걸음으로 왔다 갔다 하면서 아들의 성공을 바라는 인사를 받았다.

입을 굳게 다문 한스는 말이 없어, 차분하고 침착해 보였다. 하지만 그의 얼굴 한켠에는 깊이를 알 수 없는 불안이 꿈틀거리고 있는 것만 같았다.

기적 소리가 울리자 한스와 아버지는 기차에 몸을 실었다. 교장 선생님이 손을 흔들며 용기를 주었다. 기차가 서서히 움직이기 시작했다.

기차가 슈투트가르트에 도착하자 아버지는 갑자기 활기찬 젊은이처럼 행동했다. 한스는 그런 아버지를 보면서 도시에 나온 시골 사람들의 소박한 흥분 같은 것을 느꼈다.

그러나 한스는 점점 더 말이 없어졌다. 마음속 깊은 곳에 있던 불안감만 더욱 커질 뿐이었다. 낯선 사람들과 드높은 건물들, 그리고 거리를 달리는 마차와 정신을 혼란스럽게 하는 소음…….
도시의 그 모든 것들이 한스를 더욱 위축되게 만들었다.

　　한스와 아버지는 큰어머니 댁에 숙소를 정했다. 큰어머니의 수다스러운 친절과 끊임없는 이야기는 그치지 않았고, 계속되는 아버지의 격려성 설교는 한스의 기분을 몹시 상하게 했다. 기분이 상한 한스는 방 한 구석에 틀어박혀 창밖을 물끄러미 바라보았다.

　　눈에 거슬리는 주위 풍경, 큰어머니의 교회식 옷차림, 거대한 무늬로 장식된 벽걸이 시계와 그림 등을 바라보고 있자니, 방의 임시 주인인 자신은 완벽하게 소외당하고 있는 존재라는 생각을 떨칠 수가 없었다.

　　오후가 되자 한스는 그리스어 불변사를 복습하고 싶었다. 하지만 큰어머니는 함께 산책을 가자고 제안했다. 그 순간 한스의 가슴속에 나뭇잎의 싱그러운 푸르름과 숲속의 바람 소리가 스쳐 지나갔다.

　　"좋아요, 큰어머니 말씀대로 하지요."

　　한스는 마치 기다리기라도 했다는 듯 명쾌하게 대답했다.

아버지는 시내에 방문할 곳이 있다고 했다. 그래서 산책은 큰어머니와 한스 두 사람만 가기로 했다. 집을 나서자마자 살집이 통통한 부인이 아는 척을 했다. 큰어머니도 부인에게 인사를 했다. 두 여인은 층계 난간에 기대어 이야기를 했다. 통통한 여인이 한스를 코안경 너머로 흘끔 훔쳐보았다. 한스는 두 여인이 자신에 관한 이야기를 하고 있다고 생각했다.

한참을 이야기하다가 큰어머니는 상점 안으로 들어갔다. 상점 밖에서 한참을 기다렸지만 큰어머니는 좀처럼 나오지 않았다. 상당히 많은 시간이 흐른 후에 상점에서 나온 큰어머니는 한스에게 초콜릿 하나를 주었다. 한스는 초콜릿이 싫었지만, 예의 바르게 감사하다는 인사를 한 후 받았다.

두 사람은 전차를 타고 큰길가에 있는 공원에 도착했다. 공원에는 분수가 시원하게 물을 뿜어 대고 있었다. 그리고 수많은 꽃들이 만발한 가운데, 인공으로 만든 작은 연못에는 금붕어가 한가로이 헤엄을 치고 있었다.

수많은 사람들, 멋져 보이는 옷차림, 자전거와 휠체어, 유모차 등이 눈에 들어왔고, 어디서 시작된 것인지 알 수 없는 소란스러운 소리도 들려 왔다.

마침내 두 사람은 공원 벤치에 자리를 잡았다. 큰어머니는 쉬지 않고 이야기를 해대면서, 한편으로는 한스가 들고 있는 초콜릿을 먹으라고 재촉했다.

"한스, 어서 초콜릿을 하나 입에 넣으렴. 이 달콤한 초콜릿이 네 기분을 한결 좋아지게 할 거야. 어서 먹어라!"

한스는 어쩔 수 없이 초콜릿을 뜯어 만지작거리다가 한입 베었다. 하지만 그는 아무것도 먹고 싶은 기분이 아니었다. 그렇다고 큰어머니에게 사실대로 말할 용기도 나지 않았다. 한스가 입안에 들어 있는 초콜릿과 씨름을 하고 있을 때, 큰어머니가 사람들 사이에서 아는 사람을 발견했다.

"잠깐만 여기에 앉아 있을래? 곧 돌아올 거야."

한스는 그 기회를 이용해서 초콜릿을 잔디밭에 버렸다. 그리고 나서 공원을 오가는 사람들을 구경하고 있자니 갑자기 서글픈 생각이 들었다.

'이럴 때가 아니야. 쉬는 시간을 이용해 불규칙 동사나 한 번 더 외우는 것이 옳은 일이지!'

하지만 큰일이었다. 아무리 기억을 되살려 보았지만, 머릿속에서 맴맴 돌기만 할 뿐 도무지 떠오르질 않았다. 너무나 당황해서 얼굴이 새파랗게 변했다.

'이를 어쩌지? 당장 내일이 시험인데…….'

큰어머니가 돌아왔다. 그리고 새로운 소식을 전해 주었다.

"한스야, 이번 시험에는 118명의 지원자가 있다는구나. 그중에서 단지 36명만이 합격할 거래. 하지만 너라면 할 수 있을 거야. 걱정하지 말아라."

큰어머니의 말을 들은 한스는 기운이 완전히 빠지고 말았다. 그래서 돌아오는 내내 한 마디도 하지 않았다.

얼마 후, 집에 도착한 한스는 극심한 두통을 앓았다. 아무것도 먹고 싶지 않았고, 모든 게 귀찮기만 할 뿐이었다. 그런 한스를 아버지와 큰어머니는 열심히 격려하고 위로해 주었다.

"으아악! 날 좀 살려 줘!"

한스는 잠을 자다가 무서운 꿈을 꾸었다. 그는 120여 명의 지원자들과 함께 시험장에 앉아 있었다. 시험 감독관은 한스의 책상에 초콜릿을 잔뜩 쌓더니 먹으라고 재촉을 했다. 한스는 울먹이며 초콜릿을 먹었다. 그런데 다른 지원자들은 차례차례 일어나 밖으로 나가는 것이었다.

모두들 각자의 초콜릿을 다 먹고 빠져나갔는데, 자신의 책상에 있는 초콜릿만 산처럼 커다랗게 불어나고 있었다.

다음날 아침, 한스는 시험에 늦지 않기 위해 계속 시계를 쳐다보며 커피를 마셨다. 그때 고향에서는 많은 사람들이 한스의 시험을 걱정하며 기도를 하고 있었다.

구둣방의 플라이크 씨는 아침 식사를 하기 전에 식탁에 앉아 하느님께 기도를 올렸다. 가족들과 직공들이 모두 둘러앉은 자리에서였다.

"오, 주여! 오늘 한스가 시험을 치른답니다. 그에게 많은 축복을 내리시어, 시험에서 자기 실력을 충분히 발휘하도록 도와주소서. 그래서 훗날 그가 주의 거룩한 이름을 증명하여 사람들을 가르치고 깨우치게 하는 그런 훌륭한 사람이 되게 하여 주소서."

목사는 한스를 위해 기도하지는 않았지만, 아침 식사를 하면서 그의 부인에게 이렇게 말했다.

"오늘은 한스 기벤라트가 중요한 시험을 보는 날이야. 그 아이는 분명 많은 사람들로부터 존경받는 큰 인물이 될 거야. 그렇게만 된다면 내가 그 애에게 라틴어를 가르쳐 준 것도 큰 자랑거리가 되겠지."

한스의 담임 선생님은 수업을 하기 전에 학생들에게 말했다.

"자, 이제 슈투트가르트에서의 시험이 시작된다. 우리들은 여기서 한스의 성공을 빌자꾸나. 물론 한스 기벤라트는 우리가 걱정하지 않아도 잘 해낼 거야. 왜냐하면 너희들같이 게으르고 머리 나쁜 녀석들 열 명을 합한 것보다 한스가 훨씬 더 우수하니까."

학생들도 대부분 지금 시험을 치르고 있을 한스를 한 번쯤 떠올려 보았다. 특히 한스의 합격과 낙제에 대해서 내기를 건 아이들은 더욱더 관심을 쏟았다.

아버지를 따라 시험장에 들어선 한스는 가슴이 두근거렸다. 초조와 불안에 떨고 있는 창백한 소년들로 가득 찬 큰 교실을 들여다보고 있으니, 마치 고문실에 끌려들어온 죄인과도 같은 심정이었다.

"자, 조용! 이제 시험을 시작하겠습니다."

첫 시간은 라틴어 시험이었는데, 한스는 비교적 쉽다고 생각했다. 가벼운 마음으로 초고를 쉽게 만들고, 다시 깨끗하게 옮겨 적었다. 그는 가장 먼저 답안지를 제출했다.

첫날, 무사히 시험을 치른 한스는 큰어머니의 집으로 돌아가면서 길을 잃어 두 시간이나 거리를 헤맸다. 그러나 아버지와 큰어머니 곁에서 잠시나마 떨어져 있으니 오히려 마음이 편해지기도 했다. 길을 물어물어 겨우 집에 도착하자 여러 가지 질문이 쏟아졌다.

"어땠니? 쉽게 풀리더냐?"

"혹시, 모르는 문제는 없었니?"

"걱정 마세요. 쉬웠으니까요. 그런 문제쯤이라면 5학년 때도 풀 수 있었을 거예요."

두 사람의 질문에 한스는 자랑스럽게 대답했다. 그러고는 배가 고프다며 많은 양의 식사를 했다.

오후에는 아버지가 한스를 데리고 다니면서 친척과 친구들에게 인사를 시켰다. 그중 한 집에서 한스와 같은 시험을 치른 소년을 만났다.

한스와 그 소년은 처음엔 어색했지만, 서로에 대한 호기심 때문에 금세 서로 말벗이 되었다.

"라틴어 문제가 어땠다고 생각해? 쉽지! 그렇지?"

한스가 소년에게 물었다.

"응, 쉬웠어. 하지만 그것이 함정이야. 오히려 쉬운 문제일수록 정답을 놓치게 되거든."

"정말로 그럴까?"

"그럼. 내 말이 틀림없어. 시험 문제를 출제한 사람들이 그렇게 바보는 아닐 테니깐!"

소년의 말에 한스는 좀 당황했다. 소년과 한스는 노트를 펼쳐 놓고 문제를 풀어 보았다. 괴팅겐에서 왔다는 소년은 라틴어를 굉장히 잘하는 것처럼 보였다. 한스가 전혀 들어 보지도 못한 문법 용어를 두 번이나 사용해 가며 설명을 했다.

"내일 시험은 무슨 과목이지?"

"그리스어와 작문 시험이야."

"아, 참! 너희 학교에서는 몇 명이나 시험을 보러 왔니?"

"나 혼자야."

한스에 대답에 소년은 다시 말했다.

"그렇구나. 우리 괴팅겐에서는 모두 열두 명이 시험 보러 왔어. 아주 똑똑한 아이가 세 명 포함되어 있는데, 그들 중에서 수석이 나오리라고 모두들 기대하고 있어. 작년에도 수석을 한 학생은 우리 괴팅겐 출신이었거든. 그런데 너는 시험에 떨어지면 중학교에 진학하니?"

"글쎄, 아마 난 진학을 못 할 거야."

"나는 이번 시험에 떨어지면 어느 상급 학교라도 입학할 거야. 아마 어머니가 울름으로 데리고 갈 거야."

소년의 말을 들으니 한스는 괜히 불안한 기분이 들었다. 특히 매우 똑똑하다는 세 명을 포함한 열두 명의 괴팅겐 학생 모두가 자신보다 월등히 낫게 생각되었다. 그렇다면 합격할 가능성은 그만큼 낮아지는 것이었다.

한스는 집에 돌아와 책상에 앉아 'mi'로 끝나는 동사를 다시 한

번 복습했다. 내일 시험 볼 그리스어는 좋아하는 과목이긴 했지만, 그저 읽기 위한 것이었다.

"내일 시험을 보다가 혹시라도 그리스어 문법이 혼동되면 어떻게 하지?"

한스는 독일어를 그리스어로 번역할 경우에 서로 달라지는 규칙이 혼동될까 봐 공포감에 사로잡혔다.

다음날은 먼저 그리스어 시험이 있었고, 그 다음에 독일어 작문 시험이 있었다. 그리스어 문제는 꽤 길어 만만치가 않았다. 독일어 작문은 풀어 나가기 힘든 주제가 주어졌다.

한스는 좋은 펜을 가지고 있지 않아서 그리스어 답안지를 채우다가 종이를 두 장이나 버렸다. 또 작문 시험 때는 옆에 앉은 학생이 용감하게도 질문을 쓴 종이 쪽지를 한스에게 보내고는 대답을 재촉해 몹시 난처하게 만들었다.

'저 녀석이 나한테 왜 그러는 걸까? 괜한 오해를 사서 낙제라도 한다면 어쩌려고 저러는 거지?'

당황한 한스는 종이 쪽지에 '방해하지 마'라고 써서 그 아이에게 주었다. 그러고는 등을 돌려 버렸다.

날은 몹시 더웠고, 시험장은 푹푹 찌는 듯한 열기로 가득했다.

'저벅, 저벅!'

감독 선생님의 규칙적인 발걸음이 교실을 향해 들려 왔다. 한스는 견진 성사 때 입었던 두터운 옷차림이어서 땀이 많이 나고 머리마저 아팠다. 한스는 결함 투성이의 답안지를 제출하고는 언짢은 기분으로 교실을 나섰다.

시험을 다 마치고 집에 돌아온 한스는 굳은 얼굴을 하고 있었다. 식사 도중에도 입을 뗄 수가 없었고, 어떤 물음에도 대답을 하지 않았다.

"어떻게 된 거냐, 시험을 망친 거냐? 만약 시험이 어려웠다면 너만 못 푼 건 아닐 거다."

"시험을 망쳤습니다."

아버지의 위로에 한스가 대답했다.

"아니, 어쩌자고 시험을 망쳤어? 그래 얼마나 못 풀었기에 그러니? 침착하게 풀었어야지……."

"그러는 아버지는 그리스어 같은 건 하나도 모르시잖아요?"

책망하며 말하는 아버지에게 한스는 흥분이 되어 그렇게 쏘아붙였다.

한스를 가장 신경 쓰이게 하는 것은 두 시에 있을 구두 시험이었다. 햇살이 내리쬐는 거리를 걸으면서 그는 비참한 기분마저 들었다. 극도로 불안한 마음과 아찔한 현기증에 눈을 제대로 뜰

수 없었다.

한스는 구두 시험을 보는 장소에 도착했다. 그는 초록색 책상에 앉아 있는 세 명의 선생님과 마주 보고는 십 분 동안 서너 개의 라틴어 문장을 번역했다. 그리고 또다시 십 분 동안 그리스어를 번역하고 여러 가지 질문을 받았다.

"자네, 이 동사의 과거 부정형을 말해 보게나."

마지막 시험관은 한스에게 그리스어 불규칙 동사의 과거 부정형을 질문했다.

"저……."

하지만 한스는 머릿속이 멍해져 대답을 하지 못했다.

"그래, 알았네. 이제 밖으로 나가도 좋아!"

한스는 출입문을 향하면서 그 단어의 과거형을 떠올렸다.

"잠깐만요! 방금 과거형을 생각해 냈습니다."

한스는 방 안을 향해 크게 과거형을 말했다.

감독관이 껄껄 웃는 소리가 방 안에 울려 퍼졌다. 한스는 창피한 마음에 사과처럼 붉게 물든 얼굴을 하고는 그 방을 뛰쳐나왔다. 머릿속이 온통 엉켜 버린 것만 같았다.

'내가 도대체 뭐라고 대답하고 나온 거지? 제대로 답을 맞힌 것은 몇 개나 될까?'

거리를 정처 없이 걸으며 한스는 막막한 기분에 사로잡혔다.

불과 이삼일 전에 보았던 집 안 뜰의 풍경과 울창한 전나무 숲의 모습, 그리고 낚시터 광경 등이 무척 오래전의 기억처럼 느껴졌다.

'아! 빨리 집으로 돌아갔음 좋겠다. 당장 오늘이라도 집에 갈 수만 있다면 얼마나 좋을까. 이미 시험은 망칠 대로 망쳤는데, 이곳에 계속 남아 있는 것이 무슨 소용이 있단 말인가!'

한스는 모든 것이 부질없다는 생각이 들었다.

큰어머니 집으로 돌아오자 피곤이 한꺼번에 몰려들었다. 한스는 달걀 수프로 배를 채우고는 바로 침대에 누웠다.

'내일 하루면 모든 것이 끝난다. 수학과 종교 시험을 보고 나면 집에 돌아가 쉴 수 있을 거야.'

피곤에 찌든 한스는 혼잣말을 중얼거리며 잠이 들었다.

시험 마지막 날 아침이 밝았다. 마지막 날 시험은 모두 자신 있게 풀었다. 어제 시험을 망친 이후 상당 부분 포기를 한 까닭인지 마음의 부담이 없었다. 또한 이제는 시험에서 해방되어 집에 돌아갈 수 있다는 생각이 들자 기분이 날아갈 듯 가벼워졌다.

"아버지, 이제 시험이 모두 끝났어요. 집에 돌아가도 되겠죠?"

"한스야, 기왕 어려운 발걸음을 했는데 하루만 더 있다 가자꾸

나. 오랜만이라서 그런지 둘러보고 싶은 곳이 한두 군데가 아니야."

"하지만 아버지! 저는 하루라도 빨리 이곳을 벗어나고 싶어요. 시험도 끝났으니 빨리 집에 돌아가 푹 쉬고 싶어요. 혼자서라도 기차를 타고 돌아가고 싶으니 허락해 주세요."

한스의 간청에 아버지는 허락을 했다. 그래서 한스는 역에서 큰어머니와 작별을 하고는 서둘러 기차에 올랐다.

'덜컹, 덜컹……..'

아무 생각 없이 창밖을 바라보던 한스는 시야에 푸른 전나무 숲이 들어서자 얼굴이 눈에 띄게 밝아졌다.

집에 도착한 한스는 수영복을 집어 들고 계곡으로 향했다.

"아, 시원하다! 답답했던 가슴이 뻥 뚫리는 것 같아."

한스는 물속으로 첨벙 들어가 헤엄을 쳤다. 그러자 지난 며칠 동안 느꼈던 불안감이 조금씩 사라지는 것 같았다.

그는 고향으로 돌아온 기쁨을 한껏 느끼며 자연이 전해 주는 위로를 받았다. 한스는 오후 내내 헤엄을 치고 또 쳤다. 비둘기가 멀리 노을진 하늘을 날아가고 있었다. 먼 산 너머 하늘은 이미 분홍빛으로 물들어 가고 있었다.

수영을 마치고 돌아오는 길에 상인 자크만의 정원을 지났다.

그리고 목수들의 일터를 지나 검사관 게슬러의 작은 집도 지나쳐
걸었다. 두 해 전, 한스는 게슬러의 딸 엠마와 사귀고 싶은 마음
에 속앓이를 한 적이 있었다.

엠마는 마을 여학생 중에서 가장 예쁜 아이였다. 그런 엠마와
대화를 나누거나 악수를 했으면 하는 생각을 했다. 하지만 한스
는 수줍음이 많은 학생이었기 때문에 그런 일은 일어나지 않았

다. 그리고 엠마는 기숙사가 있는 학교로 입학해 버렸기 때문에 더 이상 그녀의 모습을 볼 수가 없었다.

어렸을 적 기억이 갑자기 엊그제의 일들처럼 생생하게 떠올랐다. 한때는 저녁만 되면 나숄트 집의 리제와 함께 감자 껍질을 벗기면서 여러 가지 이야기를 듣기도 했다. 또 일요일 아침이면 하천둑 아래서 새우나 고기를 잡다가 옷을 적셔 아버지에게 혼난 적도 많았다.

기이하고 신기한 이야기도 많이 들었다. 고개가 비뚤어진 구둣방 아저씨 쉬트로마이어가 자기의 부인을 독살했음이 틀림없다는 소문도 있었다.

하지만 세월이 흘러, 옛날 이야기 속에 등장했던 인물들에 관해서는 이름만 어렴풋이 기억날 뿐 그들이 어떻게 지내는지는 전혀 몰랐다.

한스는 다음날까지 휴가였으므로 한낮까지 늘어지게 잠을 잤다. 그러다 오후가 되자 아버지를 마중하기 위해 역으로 나갔다. 아버지는 아주 행복한 표정이었다.

"만약 합격한다면 네가 원하는 것은 무엇이든 사 주마. 갖고 싶은 것들을 잘 생각해 두어라."

"아마 전 떨어졌을 거예요. 틀림없이 낙제할 거라고요."

아버지의 제안에 한스는 한숨을 푹 내쉬며 답했다.

"이 바보 같은 녀석아! 어째서 그런 말을 하는 거냐? 결과가 발표되기 전까지는 아무도 합격할지 낙제할지 알 수가 없어. 그러니 아버지 맘이 변하기 전에 네가 바라는 것을 말하는 것이 좋을 게다."

"그렇다면 저는 낚시질을 하고 싶어요."

"그래 좋다. 시험에 합격한다면 실컷 낚시를 즐기렴."

일요일에는 천둥이 치고 소나기가 내렸다. 한스는 빗소리를 들으며 방에 틀어박혀 책을 읽었다. 그러다 슈투트가르트에서 본 시험이 문득 떠올랐다.

'과연 내가 합격할 수 있을까? 아냐, 절대로 합격할 리가 없어. 정말이지 나는 시험에 떨어지고 말 거야.'

갑자기 안개 같은 막막함이 가슴을 덮쳤다.

결국 걱정스런 마음에 아버지한테 달려갔다.

"아버지, 드릴 말씀이 있어요. 시험에 합격한다면 제가 낚시를 하고 싶다고 했지요? 하지만 그보다 더 원하는 것이 있어요. 만약 시험에 실패한다면 중학교에 입학하고 싶어요."

"뭐, 뭐라고? 중학교에 들어가겠다고? 대체 누가 너한테 그런 말을 해 주더냐?"

"아, 아무것도 아니에요. 그냥 제가 잘못 생각했어요."

너무나 부정적인 아버지의 대답에 한스는 당혹스럽고도 괴로운 얼굴을 했다.

"어서 들어가거라! 어서 들어가래도! 중학교에 입학하겠다니? 네가 무슨 부잣집 아들인 줄 착각하나 본데, 어림도 없다. 이런 나쁜 자식! 허튼 꿈만 꾸다니!"

아버지의 호통 소리를 뒤로 한 채 한스는 집밖으로 나왔다. 그리고 집 근처 잔디밭에 주저앉았다.

'만약 내가 신학교에 들어가지 못한다면 중학교에도 들어갈 수 없겠지. 그러면 나는 어떻게 될까? 아마 치즈 가게나 사무소에서 견습생으로 일하게 될 거야. 그렇게 별 볼일 없이 평범하게 일생을 보내게 되겠지. 아, 내 인생이 그토록 시시하게 끝나야 하다니……. 그럴 수는 없어!'

한스는 자신이 그렇게 경멸하던 사람들과 똑같은 인생을 살 생각을 하니 분통이 터져 미칠 지경이었다. 한스는 터질 듯한 가슴을 안고 방으로 들어왔다.

그러고는 책상 위에 놓여 있던 라틴어 교재를 들어 죄없는 벽을 향해 있는 힘껏 던져 버렸다.

월요일 아침이 되어 학교에 갔다.

"시험은 어떻게 보았니? 나는 네가 어제 이리로 올 거라 생각했는데……. 시험은 물론 잘 보았겠지?"

교장 선생님의 물음에 한스는 고개를 저었다.

"아니다. 결과를 기다려 보자꾸나. 아마 오늘 안으로 슈투트가르트에서 통지가 올 것이다."

그날 하루는 시곗바늘이 멈춰 버린 것만 같았다. 한스는 초조한 마음으로 아무것도 먹지 못한 채 결과가 오기만을 기다렸다. 오후 두 시가 되자 한스는 교실로 들어갔다.

"한스 기벤라트! 역시 네가 해낼 줄 알았다. 네가 주 정부에서 주최한 시험에서 2등으로 합격했단다. 정말 축하한다!"

선생님이 한스에게 악수를 청하며 이렇게 말했다.

"축하한다, 축하해! 이렇게 좋은 소식을 들었으니 뭐라고 말 좀 해 보렴."

소식을 들은 교장 선생님도 한스를 축하해 주었다. 한스는 의외의 기쁜 소식에 어리둥절했다.

"아쉽다. 그 문제만 정확하게 대답했더라면 내가 수석을 할 수 있었을 텐데……."

한스가 자신도 모르게 중얼거렸다. 교장 선생님은 어서 집에 가서 아버지에게 기쁜 소식을 전하라고 했다. 그러고는 이제부

터 학교에 나오지 않아도 좋다고 허락을 해 주셨다.

'아! 내가 합격하다니! 도저히 믿어지지 않아. 그것도 2등이라는 좋은 성적으로 말이야. 정말 꿈만 같구나.'

한스는 기쁜 마음으로 거리를 뛰어다녔다. 그날따라 유난히 시장터가 활기차고 아름답게만 보였다. 이제부터는 목사를 피해 다닐 필요도 없었다. 거리에서 누구를 만나더라도 어깨를 펴고 당당히 마주할 수 있게 되었다. 또한 그렇게 좋아하는 낚시도 마음껏 할 수 있게 되었다.

"한스야, 시험 결과는 나왔니? 어떻게 되었니?"

한스가 들어서자, 아버지가 물었다.

"별로 대단치는 않은 거예요. 이제 학교에는 가지 않아도 돼요. 왜냐면 제가 신학교 학생이 되었거든요."

"아니, 뭐라고? 그럼 합격했다는 소리냐?"

"네, 아버지. 저 합격했어요! 그것도 2등이라는 성적으로 말이에요!"

아버지는 전혀 예상하지 못했던 결과에 놀라, 한스의 어깨를 두드리며 흐뭇한 미소를 지었다.

"정말 장하구나, 내 아들! 정말 대단한 일이야!"

한스는 집 안으로 뛰어들어가 다락방에 올라갔다. 그리고 벽장을 뒤져서 여러 개의 상자 속에 든 낚시 도구들을 챙겼다.

"아버지, 칼 좀 빌려 주세요. 낚싯대를 잘라야겠어요."

"자, 여기 2마르크가 있다. 이제 네 칼을 가져도 된다. 건너편 대장간에 가서 칼을 사렴."

아버지의 말에 한스는 곧 대장간으로 뛰어들어갔다. 대장간 주인에게 합격 소식을 전하자, 축하의 말과 함께 특별히 좋은 칼을 내주었다.

신이 나서 뛰어온 한스는 낚시 준비를 시작했다. 그는 해가 질 때까지 색색의 실을 고른 다음 헝클어진 매듭을 풀었다. 그리고 여러 가지 모양의 코르크와 찌를 살펴보고 납덩이들을 정리했다. 또 낚싯바늘도 챙겨 두었다.

하늘이 깜깜해져서야 겨우 일이 끝났다. 이제 한스는 7주 동안의 긴 휴가를 지루하게 보내지 않아도 되었다. 왜냐하면 낚싯대만 잡는다면 그는 세상에서 가장 평화롭고 행복한 사람이 될 수 있기 때문이었다.

달콤한 여름 휴가

달콤한 휴가가 시작되었다. 가끔씩 소나기가 스쳐 지나갈 뿐 몇 주 동안 하늘은 한없이 드높았고, 햇볕이 쨍쨍 내리쬐는 날들이 계속되었다.

좁은 골짜기에서 흘러내려온 물도 따뜻해 저녁 늦게까지도 수영을 즐길 수 있었다. 또한 개울가에는 하얗고 빨간 꽃들이 무럭무럭 피어나 휴가 분위기를 한층 높여 주었다.

노랗게 물든 꽃들 또한 저마다의 자태를 뽐내며 피어나고, 부처꽃과 바늘꽃 역시 경쟁하듯 피어 골짜기를 자홍색으로 덮어 놓았다. 게다가 숲에는 윤이 나는 붉은파리잡이버섯과 살이 두터운 우산버섯, 그리고 붉은 가지가 많은 싸리버섯 등이 지천에 깔려 있었다.

잎이 넓은 나무가 많은 곳에서는 방울새가 종알종알 지저귀기 시작했고, 밤색 다람쥐는 제철을 만난 듯 바쁘게 움직였다. 그리고 풀밭 너머 나무숲에서는 매미의 노랫소리가 그칠 줄 모르고 울려 퍼졌다.

이때가 되면 마을은 완벽한 농촌의 모습 그 자체였다. 도시의 아이들은 짐작조차 할 수 없는 마른 풀 냄새는 어디를 가든 쉽게 맡을 수 있었다.

휴가 첫날, 한스는 안나 할머니가 일어나기도 전에 잠에서 깨어 커피가 끓기를 기다렸다. 빵을 호주머니에 넣고 밖으로 뛰어나와서는 메뚜기를 잡기 시작했다.

그는 양철로 만든 깡통을 들고 철도 댐 부근으로 가서 연신 메뚜기를 잡아 넣었다.

'덜컹, 덜컹……'

바로 옆 선로에서는 기차가 느린 속도로 달려가고 있었다. 기차는 모든 유리창을 활짝 열고서 연기를 뿜어 댔다.

'이토록 평화로운 풍경을 마음에 담아 본 것이 얼마 만인가?'
한스는 잠시 잊었던 어린 시절의 추억을 다시 한 번 떠올렸다.

메뚜기를 담은 깡통과 낚싯대를 들고 다리를 건너 물살이 깊은

곳까지 걸어가는 동안, 한스의 가슴은 낚시를 할 수 있다는 즐거움으로 두근거렸다.

한스는 실에 작은 납덩이를 달아 놓고 통통하게 살이 오른 메

뚜기를 바늘에 꿰어 힘차게 던졌다.

'풍덩!'

어린 시절부터 유일한 즐거움이었던 유희가 다시 시작되었다. 낚싯밥으로 물속에 던져졌던 메뚜기가 순식간에 사라졌다. 한스는 계속 메뚜기를 갈아 끼우면서 낚시를 즐겼다.

'지지직……'

　드디어 큼지막한 물고기 한 마리가 낚싯밥을 건드렸다. 능숙한 낚시꾼이라면 실과 낚싯대의 움직임만 보아도 얼마나 큰 물고기가 걸렸는지 쉽게 알 수 있다.

　한스는 일부러 낚싯줄을 한 번 힘껏 잡아채고는 조심스럽게 끌어당겼다.

　"우와! 꽤 큰 놈이 걸려들었군. 하하하!"

　낚싯대를 건드린 물고기는 쥐노래미였다. 녀석은 노란빛을 띤 아름다운 지느러미를 갖고 있었다. 하지만 한스가 미처 손으로 걷어올리기 전에 쥐노래미는 세차게 뛰어올라 물속으로 도망가 버렸다.

　한스는 더욱 낚시에 집중했다. 그의 얼굴은 불그스레하게 상기되었고, 손동작은 정확했으며 매우 빨랐다. 그리고 잠시 후, 한스의 낚싯대가 움직였다.

　"어? 이번에는 잉어구나. 넌 절대로 놓치지 않겠어!"

　이번에 잡아 올린 것은 쥐노래미가 아닌 조그만 잉어였다. 아쉽기는 했지만 어쩔 수 없었다.

　한스는 그 이후, 모래무지 세 마리를 잡았다. 모래무지는 아버지가 유난히 좋아하는 물고기였기 때문에 그의 마음은 더욱 큰 기쁨으로 충만했다.

한스가 낚시에 빠져 있는 동안, 해는 어느새 중천까지 떠올라 있었다. 둑 아래서는 물거품이 하얗게 일어났고, 물 위에는 산들바람이 살랑살랑 불어 왔다. 하지만 찌는 듯이 더운 날씨는 계속되었다. 푸른 하늘 한가운데 하얀 구름 하나가 걸려 있었다.

한스는 잠시 피곤함을 느껴 낚시에 주의를 기울이지 않았다. 한스는 버드나무 가지 너머 물속에 낚싯줄을 드리운 채 땅바닥에 앉아서 푸른 빛깔의 물을 바라보았다. 그러자 서서히 물고기가 뻐끔거리고 올라왔다.

'첨벙, 첨벙!'

한스는 신발을 벗어 놓고는 물속으로 들어가 물고기를 잡기 시작했다. 물이 차갑지 않아 기분이 좋았다. 게다가 주위는 아주 조용했다. 다만 덜컹거리는 물레방아 소리가 가끔 들려 올 뿐이었다.

그리스어도, 라틴어도, 머리 아픈 문법도, 문체론도, 수학도, 오랫동안 마음을 조이게 했던 불안감도 무더위 속으로 조용히 사라졌다. 가끔 머리가 아팠지만 예전만큼 심하지는 않았다.

한스는 낚싯줄로 시선을 옮겼다. 주 정부가 주최한 시험에서 자신이 2등으로 합격했다는 사실이 불현듯 머리를 스치고 지나갔다. 갑자기 기분이 좋아졌다. 한스는 양손을 주머니 속에 집어 넣고 맨발로 물을 철썩거리며 휘파람을 불었다.

더욱 즐거운 것은 자신이 이렇게 평화로운 마음으로 낚시질을 하는 이 순간, 같은 또래의 다른 아이들은 교실에 앉아서 지리 수업을 받고 있다는 사실이었다.

한스는 다른 모든 아이들보다 성적이 앞선 상태였고, 아우구스트 말고는 가까운 친구도 없었다. 또한 다른 아이들의 놀이에 끼고 싶어하지도 않았기 때문에, 아이들로부터 평소에 놀림을 많이 받았다.

하지만 지금은 멍청한 그 아이들이 한스를 보며 부러워할 뿐이다. 배가 고팠다. 가죽 공장에서는 벌써 정오 휴식 시간을 보내고 있을 것이라는 생각이 들었다. 한스는 점심을 먹기 위해 집으로 발길을 돌렸다.

"물고기는 많이 잡았니?"

"모두 다섯 마리요."

"꽤 많이 잡았구나. 하지만 알을 밴 어미고기는 잡지 말거라. 자칫하면 송사리마저 구경할 수 없게 될 테니까."

한스와 아버지는 점심을 먹으며 여러 이야기를 나누었다. 날이 몹시 더웠기 때문에 식사 후 바로 목욕하는 것은 금지되어 있었다. 한스는 금지된 일임에도 불구하고 여러 차례 목욕을 한 일이 있었다. 그러나 이제는 그런 일을 해서는 안 된다. 왜냐하면 그러기에는 이미 몸과 마음이 부쩍 컸고, 지난 시험에서 선생님들로부터 '자네'라는 호칭으로 불렸기 때문이었다.

한스는 목욕을 하지 않기로 마음먹었다. 그 대신 전나무 그늘 아래 한 시간 정도 누워서 쉬기로 했다. 그늘에서 책을 읽어도 괜찮고, 나비를 바라보는 것도 좋을 것 같았다.

금지된 시간이 지나자 수영장 옆 풀밭에 어린아이 몇몇이 모여들었다. 한스는 천천히 옷을 벗고 물속으로 들어갔다. 헤엄을 치기도 하고, 물장구를 치기도 했으며, 냇가에 배를 띄워 놓고는 햇살을 쬐기도 했다.

어린 소년들은 존경하는 눈빛으로 한스를 바라보았다. 그는 이미 유명한 인물이 된 것이다. 실제로 그는 평범한 여느 아이들과는 다른 모습을 하고 있었다. 가느다란 목과 맵시 있는 머리카락이 눈에 띄었고, 얼굴은 매우 지적으로 보였다.

또한 생각이 깊은 눈에 야윈 몸매를 갖고 있었다. 손과 발은 가늘어 약해 보였으며, 넓적다리에서조차 근육을 찾아 볼 수가 없었다.

오후 내내 한스는 햇볕 가득한 풀밭과 물속을 뛰어다니며 시간을 보냈다. 오후 네 시가 지나서야 한스와 같이 공부했던 친구들이 우르르 수영장 쪽으로 달려왔다.

"야, 기벤라트! 너 아주 재미나게 노는구나!"

"응, 기분이 아주 좋아."

"신학교에는 언제부터 가는 거냐?"

"지금은 휴가 중이야. 9월이 되면 입학해."

거의 모든 학생들은 한스를 부러워했다.

하지만 뒤편에서 누군가가 한스에게 커다란 소리로 야유를 보냈고, 노래를 불러 놀리기도 했다.

슐츠 집안의 리자베트.

이내 몸도 똑같은 신세가 되고 싶구나!

그 아이는 대낮에도 잠을 자건만

나는 그럴 수가 없다네!

하지만 한스는 조용히 웃을 뿐이었다. 그러는 동안 소년들은 옷을 벗고 물속으로 들어와 몸을 식혔다. 물속에서 오래 잠수를 하는 아이는 종종 아이들의 부러움을 샀다.

겁 많은 아이는 물속으로 떠밀려 들어갔다가 살려 달라고 고래 고래 소리를 지르기도 했다. 아이들은 서로 장난을 치며 헤엄을 즐겼고, 냇가에서 몸을 말리는 아이들에게 물을 끼얹으면서 노닥거렸다.

시간이 지나자 한스는 자리를 옮겼다. 날이 어두워질 때까지 다리 위에서 낚시질을 하기로 마음을 먹었다. 하지만 고기는 전혀 잡히지 않았다. 결국 한스는 오후 내내 한 마리의 물고기도 낚을 수 없었다.

집에 도착하자 아버지는 많은 친척들이 한스를 축하해 주기 위해 다녀갔다고 했다. 한스는 교회에서 발행하는 주보를 보았다. 주보에는 자신과 관련된 기사가 실려 있었다.

'올해 우리 마을에서는 초급 신학교 입학 시험에 오직 한 명, 한스 기벤라트를 후보자로 보냈다. 그리고 한스 기벤라트는 주 정부에서 주관하는 입학 시험에 2등이라는 좋은 성적으로 합격해 마을의 이름을 빛냈다.'

한스는 큰 소리로 주보의 기사를 읽고 벅차오르는 기쁨과 자랑스러움을 느꼈다.

저녁을 먹은 다음, 다시 낚시질을 하기 위해 대문을 나섰다. 그의 손에는 물고기들이 좋아하는 치즈 한 조각이 들려 있었다.

한스는 낚싯대 대신 아주 간단한 낚시 도구만을 들고 나섰다.

그것은 한스가 가장 좋아하는 낚시 방법이었다. 낚싯대도 낚시
찌도 없이, 오직 손에다 실을 쥐고는 물고기를 낚는 것이었다.
다소 힘은 들었지만, 고기가 슬쩍 건드리기만 해도 손끝으로 그

떨림이 전해지기 때문에 훨씬 흥미진진했다.

좁고 깊숙하게 자리잡은 구불구불한 골짜기에는 어스름하게 해가 지고 있었다. 다리 아래로 흐르는 개울물은 차츰 검은색으로 물들고, 멀리서 아이들이 재잘거리는 소리와 흥얼거리는 노랫소리가 들렸다.

냇가에서 새까만 물고기가 펄떡펄떡 물 밖으로 뛰어올랐다. 한스는 치즈 조각이 다 없어질 때까지 낚시질을 계속했다. 그래서 파닥거리는 잉어를 네 마리나 잡을 수 있었다.

'이 물고기는 내일 목사님 댁에 갖다 드려야겠다.'

한스는 속으로 다짐하며 계곡을 둘러보았다. 시원한 바람이 불어 왔다. 주위는 어두컴컴해졌으나 하늘에는 아직 밝은 빛이 조금 남아 있었다. 어둠 속에서 교회 탑과 성의 지붕만 빛 때문에 우뚝 솟아 있는 것처럼 보였다.

열 시가 되자 한스는 잠자리에 누웠다. 적당한 피로가 온몸으로 퍼져 나갔다. 오랫동안 맛보지 못했던 졸음이 몰려왔다. 아름답고 자유로운 여름날, 한가롭게 목욕을 하고 물고기를 잡던 추억이 되살아나 마음의 안정과 평화가 찾아온 듯싶었다.

약간의 불만이 있다면, 시험에서 1등을 놓치고 말았다는 사실뿐이었다.

다시 아침이 밝았다. 한스는 어제 잡은 물고기를 들고 목사님 댁을 방문했다.

"아니, 한스 기벤라트가 아니냐? 그동안 잘 있었니? 우선 시험에 합격한 것 축하한다. 그런데 손에 든 것은 뭐니?"

"어제 잡은 물고기인데, 많지는 않아요."

"네가 직접 잡은 거라고? 고맙구나. 자, 어서 들어오너라!"

한스는 목사님을 따라 낯익은 서재 안으로 들어갔다. 빼곡하게 쌓여 있는 수많은 책들은 거의가 최근에 발간된 것들이었다. 다른 목사들이 가지고 있는 낡고 오래된 책들이 아니었다. 한스는 처음으로 서재에 있는 책 제목들을 꼼꼼하게 살펴보았다.

고전과는 다른 새로운 이론과 정신이 깃든 서적들이었다. 또한 테이블 위에 놓인 책에는 작은 메모지가 꽂혀 있었는데, 이런 모습들은 학자로서의 위엄을 느끼게 해 주었다. 나아가 목사님이 뭔가를 열심히 연구하고 있다는 생각을 들게 해 주었다.

목사님은 설교나 문답 교지, 성서 강의 등을 연구하기보다는 학술 잡지에 기재하기 위한 연구나 자신의 저서를 완성하는 데 시간을 많이 보냈다. 그저 몽상적인 신비주의적 명상은 그가 다루는 분야가 아니었다.

신학교 또한 마찬가지였다. 예술이라고 할 만한 좋은 신학도 있고 과학적인 신학도 있으며, 그 두 가지를 조화시키기 위해 노력하는 신학도 있었다.

과학적인 사람들은 예술을 잊어버렸고, 예술적인 사람들은 여러 가지 오류를 거리낌없이 얘기하면서 많은 사람들에게 위안을 안겨 주었다. 예전부터 비판과 창조, 과학과 예술, 이 양자 간의 싸움은 끊임이 없었다.

한스는 난생 처음으로 높은 책상과 창문 사이의 가죽 의자에 앉았다. 목사님은 매우 친절하게 신학교와 그곳에서의 생활에 대해 이야기해 주었다.

"한스야, 신학교에 가면 네가 겪어야 할 새로운 것들 중에서 가장 중요한 것은 신약 성서의 그리스어 입문이다. 그 공부는 새로운 세계가 열리는 것처럼 힘들기는 하겠지만, 기쁨도 그만큼 값질 것이다. 내가 걱정하는 것은, 처음에는 그리스어를 공부하기가 벅찰 거라는 사실이다."

한스는 긴장하며 듣기도 했지만, 진정으로 학문의 길에 들어섰다는 느낌에 스스로가 자랑스럽기도 했다.

"하지만 머잖아 새로운 세계에 대한 매력도 반으로 줄겠지. 계속 틀에 박힌 교육을 받을 테니까. 그 다음에는 히브리어에 매달리지 않으면 안 돼. 만일 네가 원한다면 이 휴가 동안 기초만이라도 닦아 두는 게 좋겠다는 생각이 든다. 그러고 나서 신학교에 입학한다면 여유 있게 수업을 들을 수 있을 테니까 말이다. 사전은 내가 빌려 줄 테니 매일 한 시간이나 두 시간쯤 공부를 해 보는 게 어떻겠니? 물론 그 이상 공부를 해서는 안 돼. 지금은 욕심을 버리고 휴식을 취하는 게 무엇보다도 중요하니까 말이다. 히브리어를 공부하라는 것은 단순한 제안일 뿐이야. 나는 네 휴가를 망칠 생각은 추호도 없단다."

"아니에요, 목사님. 저도 히브리어를 공부해 보고 싶어요."

한스는 목사의 제안에 동의했다. 사실 이렇게 달콤한 휴가 기간에 낯선 언어를 공부한다는 것이 부담으로 느껴지기는 했지만, 그것을 거절하는 것은 왠지 부끄러운 일만 같았다.

게다가 휴가 중에 새로운 언어를 배울 수 있다는 것은 공부가 아닌 또다른 유희처럼 느껴졌다.

한스는 매우 만족스런 기분이 되어 목사의 집을 나섰다.

숲속 길을 따라 걸으면서 자그마한 불만 따위는 모두 날려 보냈다. 목사의 제안이 오히려 고맙게 여겨졌다. 왜냐하면 신학교에서도 남들보다 뛰어나려면 공부에 열중해야만 한다는 사실을 잘 알고 있기 때문이었다.

한스는 누구보다 더 앞서 나가야겠다고 다짐했다. 그러면서도 자신이 왜 그런 마음을 먹었는지에 대해서는 의문이었다. 지난 3년 동안 한스는 아버지뿐만 아니라 선생님과 목사님, 교장 선생님에게까지도 관심의 대상이 되어 버렸다.

그러한 사실이 그를 숨도 제대로 못 쉬고 공부만 하도록 만들어 왔던 것이다. 해마다 그는 2등과 엄청난 차이가 나는 1등을 차지했다.

한스는 당연히 자신의 몫이라고 여기고 있는 1등 자리를 빼앗으려고 한다거나, 바싹 뒤쫓아오는 친구를 절대로 용납하지 않았다.

한스에게도 휴가는 매우 즐거운 일임에 틀림없었다. 아침에 산책을 하는 사람은 자신밖에 없었기에 더욱 고요하고 평화로운 숲을 만날 수 있었다. 나아가 검은 빛이 도는 전나무 가지 사이로 맑고 푸른 하늘을 마음껏 볼 수도 있었다.

비교적 먼 거리였지만, 처음에는 취첼러 호프나 크로쿠스 초원까지 산책을 하려고 했다. 하지만 그는 이내 그 계획을 포기하고. 잔디 위에 누워 산앵두를 따먹으면서 나른해지는 기분을 만끽하고 있었다. 몹시 피곤했기 때문이었다.

이상한 일이었다. 예전에는 서너 시간쯤 걷는 것은 아무 문제가 없었던 그였다. 하지만 언젠가부터 기운을 내서 먼 거리까지 걸어 보려고 할 때마다 자신도 모르게 피곤함을 느끼곤 했다.

정오가 되자 머리가 지근지근 아프고 눈이 따끔거려 집으로 돌아왔다. 그래서 오후 내내 언짢은 기분으로 집 안을 서성거리다가 목욕을 했다. 잠시 상쾌함이 느껴졌다.

'어? 목사님 댁으로 갈 시간이네. 서둘러야겠다!'

공부를 시작하기 위해 목사님 집으로 가는 도중에 구둣방 플라이크 아저씨를 만났다.

"어딜 그렇게 바쁘게 가니? 시험이 끝나고 나서는 도무지 얼굴을 볼 수가 없구나."

"아저씨, 안녕하세요? 저 지금 공부 때문에 목사님을 만나 뵈러 가야 돼요."

"아니, 또? 시험이 안 끝났니?"

"끝났어요. 하지만 이번에는 신약 성서를 공부해야 하거든요. 지금까지 배운 것하고는 전혀 다른 그리스어로 쓰여 있는 것으로 공부를 해요."

플라이크 아저씨는 넓은 이마에 두꺼운 주름살을 만들어 내며 한숨을 내쉬었다.

"한스야. 너에게 꼭 해 주고 싶은 말이 있다. 지금까지는 시험을 본다기에 꾹 참고 있었다만, 이제는 더 이상 참을 수가 없구

나. 목사는 믿음이 없는 자라는 것을 네가 알아야 해. 아마 그는 너에게 성서를 가르치는 게 아니라 거짓을 가르치려고 할 거다. 어쩌면 너는 그 목사한테 배우는 동안 신앙심을 잃어버리게 될지도 몰라."

"저는 단지 그리스어를 배울 뿐이에요. 신학교에 입학하게 되면 꼭 배워야 하는 과목이거든요."

"너까지 그런 말을 하는구나. 성서를 공부하는 데 무엇보다 중요한 것은 신앙심을 기르는 일이야. 그래서 신앙심이 깊은 선생님한테 배우는 것과 하느님을 믿지 않는 선생한테 배우는 것은 하늘과 땅 차이가 나는 거란다."

"하지만 목사님의 신앙심이 얼마나 깊은지에 대해서는 아무도 알 수가 없는걸요."

"한스야, 유감스럽게도 나는 목사가 하느님을 진심으로 믿는 사람이 아니란 걸 정확하게 알고 있단다."

"그럼 어떻게 해요? 저는 이미 공부를 하러 가겠다고 약속을 했단 말이에요."

"약속을 했다면 물론 가야지. 그런데 혹시 말이다. 목사의 입에서 성서는 인간이 만들었다는 거짓말이 나온다면 당장 나한테 달려오너라. 내가 가서 단숨에 해결하고 올 테니. 내 말 알아듣겠니?"

"네, 플라이크 아저씨. 그렇지만 아저씨가 상상하는 불행한 일은 절대로 벌어지지 않을 거예요."

"곧 알게 될 거다. 아저씨가 일러 주는 말 명심하고 있거라."

한스는 플라이크 아저씨와 헤어져 목사님 집으로 걸어갔다. 하지만 목사님은 아직 외출에서 돌아오지 않았다. 혼자 서재에서 목사님을 기다리다 보니, 구둣방 아저씨의 말이 자꾸만 귓전을

간질였다.

한스는 그동안 목사님에 대한 좋지 않은 소문을 여러 차례 들은 적이 있었다. 하지만 그 풍문에 대해 지금처럼 호기심과 긴장감을 느낀 적은 없었다. 한스는 오히려 궁금하게 여겼던 커다란 비밀을 캐 볼 작정을 했다.

학교에 입학한 뒤 처음 몇 해 동안은 신의 존재와 영혼의 문제, 그리고 악마나 지옥에 관한 의문들로 혼란스러웠다.

그러나 최근에는 공부만 열심히 했기 때문에 그런 생각을 할 수가 없었다. 한스는 플라이크 아저씨와 목사님을 비교해 보았다. 그런데 아무리 오랜 세월을 통해 얻어진 지혜라고는 하지만, 플라이크 아저씨의 고집을 이해할 수가 없었다.

또한 플라이크 아저씨는 영리하기는 했지만 단순한 사람인 까닭에 오직 교회의 믿음에만 얽매이는 편이었다. 그래서 많은 사람들로부터 놀림을 받기도 했다. 그러나 심판을 기다리며 기도 모임을 갖고 있는 신자들에게는 권위 있는 성서 해석자로서의 역할을 다하고 있었다.

한편, 목사님은 설교자였기 때문에 세련된 말을 잘했을 뿐 아니라, 학자로서의 노력 역시 단 한 순간도 게을리 하지 않는 열정을 가진 분이었다.

잠시 후, 목사님이 들어왔다.

"이 책이 누가복음 그리스어 판이란다. 한번 읽어 볼래?"

목사님은 가벼운 차림으로 옷을 갈아입은 후 한스에게 책을 내어 주었다. 그 책은 라틴어 교재와는 완전히 달랐다. 단어 하나하나가 아주 자세하게 번역되어 있었다.

목사님은 책에 나와 있지 않은 문구를 예로 들어, 마치 웅변하는 어조로 그리스어의 독특한 정신을 자세히 설명해 주었다. 그리고 성서의 성리 시대와 내력에 대해 자세한 설명을 덧붙였다. 구절 하나하나, 단어 하나하나에 어떤 숨겨진 수수께끼가 있는지, 그리고 그러한 의문 때문에 옛날부터 많은 학자와 사상가들이 어떤 노력을 해 왔는지 한스는 어렴풋이나마 짐작할 수 있었다. 그러면서 이 한 시간 동안은 자신도 진리를 탐구하려 애쓴 사람들 속에 포함된 듯한 기분마저 들었다.

한스는 목사님에게 사전과 문법책을 빌려 집으로 돌아왔다. 그리고 밤이 깊도록 공부했다.

'공부에는 본래 끝이 없다고 했어. 그리고 참다운 연구란 끊임없는 공부를 통해 이루어지는 법이지. 난 결코 지쳐 쓰러지지 않겠어. 끝까지 최선을 다해 연구하는 그런 사람이 되고 말 거야!'

한스는 마음속으로 다짐을 하며 며칠 동안 계속 새로운 공부에 몰두했다. 그리고 매일 밤마다 목사의 집을 찾아갔다.

날이 갈수록 공부는 더 어려워졌다. 하지만 보람 역시 그만큼의 크기로 가슴을 채웠다. 나아가 신학교 합격으로 잠시 주춤했던 불안감들이 또다시 눈을 뜨기 시작하면서 한스를 잠시도 쉬지 못하게 했다.

공부를 시작한 지 얼마 지나지 않아 크세노폰의 어려운 문장들도 술술 읽을 수 있게 되었고, 사전을 찾지 않고도 어려운 부분을 몇 페이지씩 이해할 수 있게 되었다.

점점 더 강해지는 학구열과 지식욕 위에 자신감까지 더해졌다. 한스는 학교에서 선생님과 공부하던 시대는 이미 지나가고, 이제는 지식과 능력을 향상시키기 위해 혼자서도 할 수 있다는 자만에 사로잡혔다.

또한 자신이 친구들에 비해 워낙 앞서 나가고 있기 때문에 선생님이나 교장 선생님은 감탄할 수밖에 없으리라는 생각이 들었다. 그런 우월감 또한 한스의 가슴을 벅차게 하기에 충분했다.

한스를 지켜보는 선생님들 역시 즐거움과 자랑스러움으로 미소를 지었다. 어린 학생들의 내면에 있는 거친 힘과 자연적인 욕망들을 억제시키고, 국가로부터 인정받을 수 있는 조용하고 원대한 꿈을 심어주는 것이 선생들에게는 당연한 의무였다.

한스 기벤라트는 아주 훌륭하게 성장했다. 친구들과 장난을 치거나 킥킥거리는 것도, 흙장난이나 토끼 기르기도, 심지어 그토록 좋아하던 낚시질도 어느 틈에 그만두었다.

어느 날, 교장 선생님이 직접 한스 기벤라트의 집을 찾아왔다.

"벌써 공부를 시작하다니 정말 기특하구나. 그런데 어쩌자고 나는 한 번도 찾아오지 않는 거냐? 날마다 너를 기다리고 있었는데 말이다."

"사실은 물고기를 잡아서 가져가려고 생각하고 있었거든요."

"낚시질을 말하는 거니?"

"네, 하지만 아버지와 약속한 기간은 그다지 길지 않았어요."

"그것 참 좋은 일이구나. 그동안 시험 공부하느라 수고했으니 휴식을 취하는 것은 당연하지. 그렇다면 지금은 공부를 하고 싶은 생각이 별로 없겠구나."

"아니에요, 선생님! 하고 싶습니다."

"무리하게 시킬 마음은 없다만, 네가 정 원한다면……."

교장 선생님의 얘기는 계속되었다.

"한스야! 신학교에 가면 많은 과목을 새로이 배우게 된단다. 그래서 휴가 중에 미리 예습을 하는 학생들이 많이 있어."

"그래요?"

"특히 입학 성적이 좋지 않았던 학생들이 공부를 열심히 해서 성적이 좋았던 학생을 앞지르기 일쑤지."

"그렇군요."

"너는 이곳에서 언제나 수석을 했지만, 머리가 뛰어난 천재와 매우 성실한 학생들로만 이루어진 신학교에서는 많이 다를 게다. 그러니 매순간 최선을 다해 끊임없이 노력하는 것이 중요해. 내 말 알아듣겠지?"

"네!"

"그래서 말인데, 네 휴가를 방해하지 않는 한도 내에서 공부를 돕고 싶구나. 하루에 한 시간이나 두 시간쯤 공부하는 것은 지루하지 않을 뿐만 아니라, 오히려 좋은 경험이 될 수도 있을 것이라 생각한다. 네 생각은 어떠냐?"

"교장 선생님께서 지도해 주신다면 감사할 뿐이지요. 저는 열심히 공부하고 싶습니다."

"좋아! 신학교에 가면 히브리어 다음으로 중요하고, 반드시 필요한 공부가 '호머'란다. 지금 확실히 기초를 닦아 놓으면 '호머'를 본격적으로 공부할 때 훨씬 더 흥미를 느낄 수 있을 게다. 이 문학을 감상하려면 부지런하면서도 철저하게 공부하지 않으면 안 돼."

"알겠습니다."

"그리고 수학도 두세 시간쯤 하면 어떨까? 물론 너의 뛰어난 수학 실력은 내가 알지만, 신학교에서는 대수와 기하를 새롭게 배우게 될 테니 말이다. 나한테는 아무 때나 찾아와도 좋다. 다만 수학 선생님께는 개인 지도를 받을 수 있도록 아버지께 청해 보도록 하거라."

"그렇게 하겠습니다. 교장 선생님!"

한스의 공부는 또다시 시작되었다. 잠시 멈추었던 공부를 다시 시작하자, 산책을 하거나 낚시를 머릿속에 그리는 시간마저도 아깝다는 생각이 들었다.

그런데 아무리 노력을 해도 수학 시간이 즐겁지가 않았다. 햇볕이 내리쬐는 대낮에 수영을 즐기는 대신, 무더운 방에서 $A+B$, $A-B$를 따지는 것은 여간 고통스러운 일이 아니었다.

그래서 그는 다시 머리가 깨지는 듯한 두통의 포로가 되어 머리카락을 쥐어뜯기 시작했다.

수학은 그에게 있어 기묘한 것이었다. 한스는 때때로 훌륭한 수학 실력을 발휘해서 풀이와 답을 완벽하게 작성하곤 했다. 또한 수학은 속임수가 없는 정직한 것이어서 불확실한 잡념 때문에 머리를 쓰지 않아도 되었다.

하지만 수학에서는 정답을 맞혔다고 해도 그 이상의 것은 얻을 수가 없었다. 끊임없이 앞으로 걸어 나가기는 하지만, 수학 공식을 깨우쳐 지난날 몰랐던 것을 한순간에 풀 수 있게 되었다고 하더라도, 갑자기 시야가 뻥 뚫려 눈앞이 환해지는 기쁨은 가지지 못했다.

아버지는 아들이 밤 늦게까지 공부하는 모습을 자랑스럽게 여겼다. 그는 자신의 줄기를 머리 위로 높이 뻗치고 싶어하는 어리석은 인간들의 욕심을 갖고 있었다.

휴가의 마지막 주말이 되자 교장 선생님과 마을 목사님은 눈에 띄게 다정한 모습을 보였다. 그들은 공부를 중단하고 산책을 하게 하는 등 에너지를 충만하게 해 한스가 새로운 길에 들어서는 일을 도와주었다.

그동안 한스는 낚시질을 몇 번 더 했지만, 예전의 즐거움은 맛볼 수 없었다. 오히려 여름 방학의 즐거움보다 신학교에서 시작될 새로운 생활과 새로운 공부에 대한 기대감이 가슴을 두근거리게 했다.

입학을 며칠 앞둔 어느 날, 한스는 그제야 구둣방 플라이크 아저씨를 떠올렸다.

"공부는 잘되니? 목사한테 말이다."

"네, 매일 가서 많은 것을 배웠어요. 그리스어도 배우고 그 밖의 것도 아주 많이요."

"그래서 나한테 오지 않았던 모양이구나."

"천만에요! 오고는 싶었지만 시간이 없었어요. 목사님한테 매일 한 시간, 교장 선생님한테 매일 두 시간, 그리고 수학 선생님을 일주일에 네 번 찾아가 공부를 했거든요."

"휴가 중에 그렇게 많은 공부를 해? 그건 어리석은 짓이다."

말을 마친 플라이크 아저씨는 한스의 마른 몸을 쓸어 보았다.

"열심히 공부하는 것도 좋지만, 팔 다리가 이게 뭐냐? 보기가 안쓰러울 만큼 야위었구나. 너만 한 나이 때는 밖에 나가서 충분한 운동과 휴식을 취해야 하는데, 네 몸에는 살이 보이질 않아. 그런데 목사라는 사람은 공부를 제대로 가르쳐 주더냐? 혹시 성서를 모독하거나 그러진 않았니?"

"단 한 번도 그런 적은 없었어요."

"다행이구나. 내가 너한테 꼭 해 주고 싶은 말이 있다. 너는 머지않아 목사가 될 텐데, 훌륭한 인간으로 자라 영혼을 구하고 가르치는 사람이 되거라. 나는 네가 그런 사람이 될 수 있도록 기도드릴 테다. 난 네가 성공하기를 바란다. 한스에게 주님의 은총과 축복이 가득하기를! 아멘!"

구둣방 아저씨는 한스의 어깨 위에 양손을 올리고 마음 깊은 곳에서 우러나온 뜨거운 기도를 해 주었다. 그의 엄숙함이 한스의 마음에 진한 전율을 남겼다.

신학교 입학 준비와 마을 사람들과의 작별 인사로 며칠 동안 한스는 눈코 뜰 새 없이 바쁜 시간을 보냈다. 그리고 마침내 모든 준비를 끝내고 아버지와 한스는 앞으로 머물게 될 신학교가 있는 마울브론을 향해 출발했다.

하일러와의 위험한 우정

마울브론 대수도원은 주의 서북쪽 끝 숲 언덕과 조용하고 작은 몇 개의 호수 사이에 자리잡고 있었다. 넓고 오래된 건물은 잘 보존되어 고풍스러웠고, 조용하고 아름다운 푸른 숲의 주위 풍경과 썩 잘 어울렸다.

뜰에는 분수가 물을 뿜고 있었고, 커다랗고 웅장한 나무들이 줄지어 서 있었으며, 양쪽에는 석조 건물이 있었다. 그 안에는 성당이 자리잡고 있었고, 후기 로마네스크 스타일의 현관은 어디에서도 본 적 없는 우아한 자태를 뽐내고 있었다. 오랫동안 잘 보존되어 온 성당 내부는 그 자체가 하나의 아름다움이었다. 그곳에는 기도실, 대화실, 평신도 식당, 수도원장의 거처와 두 개의 교회당이 한데 모여 있었다.

넓은 앞뜰은 조용하고 텅 비어 있었지만, 점심 시간 동안만큼은 활기를 찾기도 했다. 그때는 한 무리의 젊은 학생들이 수도원에서 나와, 넓은 뜰을 웃음소리와 적당한 움직임으로 채웠다. 그러나 그 짧은 시간이 지나가면 담장 안에는 또다시 그림자 하나 보이지 않았다.

이 수도원의 뜰은 '생활의 기쁨을 맛보기에 충분한 장소이며, 생명이 있는 것과 행복을 불러 오는 것이 성장하고 있는 곳임에 틀림없다.'고 여기는 사람이 적지 않았다.

정부가 개방한 이 수도원에서 어린 학생들은 도시와 가정 생활의 소란함을 떨쳐 버릴 수 있었고, 자유롭게 행동하는 바깥의 환경으로부터 보호받았다. 또한 소년들은 몇 해 동안 히브리어, 그리스어 등을 연구하며 진지한 시간을 보내고, 젊은 영혼의 맑은 정신을 학문을 연구하는 데 몰두할 수 있었다. 게다가 기숙사 생활을 하면서 단체 행동이 주는 여러 가지 장점 또한 두루 얻을 수 있었다.

신학교 학생들은 모두 나라의 지원을 받아 무상으로 교육을 받았다. 그 대신 정부는 학생들이 특별한 정신을 소유할 수 있도록 보살폈다. 이는 학생들에게 일종의 교묘한 낙인이 되어, 특별히

도주하는 난폭꾼을 제외하고는 슈바벤의 신학교 출신이었다는 것을 단번에 드러나게 해 주었다. 사람은 모두 다양한 특성을 지녔으며, 자라난 환경이 서로 다름에도 불구하고, 정부는 학생들에게 일종의 정신적인 제복을 입혀 동일한 인물들을 만들어 내는 것이다.

자식이 신학교에 입학할 때, 대부분의 어머니들은 그날의 감동을 가슴속에 새기곤 했다. 하지만 어머니가 없는 한스는 다른 어머니들의 행동을 보며 특별한 인상을 받았다.

대침실이라고 불리는 곳의 큰 통로 복도에는 상자와 광주리들이 잔뜩 흩어져 있었다. 부모님들이 모두 따라온 소년들은 각자의 소지품을 꺼내 정리하고 있었고, 번호가 매겨진 벽장과 책상을 배정받았다.

모두들 짐을 풀고 정리하고 있었는데, 소년들의 준비물은 거의 다 똑같았다. 학생들은 세숫대야, 수건, 비누통, 빗과 칫솔들, 각자의 램프와 석유통, 식기를 각각 받았다. 소년들은 매우 분주했고, 흥분되어 있었다.

어머니들은 모든 일의 중심이 되어 깨끗하고 반듯하게 벽장 안에 물건들을 분류하여 넣어 주었다.

"새 내의는 특별히 깨끗하게 간수하렴. 이건 꽤 비싼 거니까 말이다."

"내의는 매달 철도편으로 부쳐 주마. 급할 때는 우편으로 보낼 테니 그리 알고. 검은 모자는 꼭 일요일에만 쓰는 거다. 알겠니?"

어머니들의 훈계나 주의에는 하나같이 따뜻한 애정이 듬뿍 담겨 있었다.

"집이 그리우면 언제라도 편지 쓰려무나. 크리스마스가 오래 남지 않아 괜찮을 거야."

곱고 젊은 어머니는 아들의 벽장을 바라보면서 살이 찐 아들의 얼굴을 쓰다듬었다. 아들은 부끄러워하며 어른스럽게 보이려고 양손을 바지 주머니 속에 집어넣은 채 서 있기만 했다. 작별 인사는 아들보다도 어머니에게 더 쓰라린 것 같았다.

다른 아이는 그와 정반대였다. 어머니를 바라보며 집으로 함께 돌아가고 싶다는 표정을 지었다. 대개의 아이들은 이별의 아쉬움과 가정에 대한 그리움, 낯선 사람들에 대한 두려움과 남자로서의 체면을 지키려는 마음들이 맹렬히 싸우고 있는 것 같았다.

한스와 아버지는 요령 있게 짐을 풀어 정리하는 일을 끝내고는 주위의 풍경들을 관찰했다. 어디를 보아도 아들을 훈계하는 아버지, 위로를 해 주는 어머니들뿐이었다. 아버지도 한스의 장래를 위해 조언을 하기로 했다.

그래서 오랫동안 머리를 숙이고 생각을 정리한 다음 갑자기 힘을 주어 성스러운 명언을 쏟아 놓았다.

"내 말은 잘 알아들었겠지? 윗사람의 말도 잘 듣고 학교의 규칙은 꼭 지켜야 해."

"네, 아버지. 저도 잘 알고 있어요."

　아버지의 갑작스런 설교에 조금 창피해진 한스가 재빨리 대답했다.

　한스는 혹시 아는 사람이 있나 주변을 둘러보았다. 슈투트가르트에서 알게 된 수험생을 찾아보았지만 보이지 않았다. 아마 시험에 합격하지 못한 모양이었다. 주위의 동료들을 살펴보니 준비물이 모두 비슷했다.

　그러나 도시 아이와 농촌 아이, 부잣집 아이와 가난한 집 아이는 쉽게 구별이 갔다. 또 40명의 신입생들이 입고 있는 검은 상의는 천과 모양이 모두 제각각 차이가 있었고, 사투리와 태도도 모두 달랐다.

팔 다리가 비쩍 마른 슈바르츠바트 출신도 있었고, 금발 머리를 한 다혈질의 고지 출신, 자유롭고 활달한 저지대 출신, 뾰족한 구두를 신은 멋쟁이 슈투트가르트 출신도 보였다.

처음 이곳을 방문한 사람들이라도 이 소심한 한 무리의 소년들이 명석한 두뇌를 지닌 인재 중의 인재라는 것은 누구나 인정할 수 있을 듯했다.

주입식 교육을 성실히 받았을 평범한 소년들과 함께, 유난히 영리해 보이는 소년과 반항심이 가득해 보이는 소년도 눈에 띄었다. 그중에는 틀림없이 슈바벤 유형의 두뇌를 가진 소년도 있을 것이었다.

이러한 유형은 시간이 흐르면서 커다란 세계 한가운데에 다소 메마르지만 완고한 사상을 심어 놓을 것이다. 그러한 사실은 슈바벤이 교육이 잘된 신학자를 세상에 내놓을 뿐 아니라, 전통적으로 철학적 사색에 정통하다는 것을 통해 알 수 있었다.

마울브론 신학교에서는 도리아 수도원 시대부터 부르던 라틴어 명칭을 그대로 사용했다. 학생들에게는 포룸, 헬라스, 아테

네, 스파르타, 아크로폴리스라고 부르는 방이 배정되었고, 가장 작은 방은 게르마니아라고 불렸다.

그리고 우연인지는 모르지만 아테네의 방에는 도량 있으면서도 정직한 게으름뱅이를 수용하고, 스파르타의 방에는 싸움꾼 기질이나 금욕적인 기질을 가진 사람이 아닌, 쾌활하고 오만한 사람들을 수용했다.

한스 기벤라트는 다른 아홉 명의 소년들과 함께 헬라스 방에 묶게 되었다. 동료들과 함께 써늘하고 좁은 침대에 눕자, 그는 뭐라 설명하기 힘든 복잡한 감정에 사로잡혔다.

천장에는 커다랗고 빨간 불빛을 내는 석유 램프가 걸려 있었다. 램프는 10시 15분에 조교에 의해 꺼지고, 신입생 모두는 나란히 누웠다.

몇몇은 서로 아는 사이가 되었는지 소곤거렸지만 이내 잠잠해지고, 다른 소년들은 아직 낮이 설기 때문에 어색한 분위기로 움직이지 않고 누워 있었다.

한스는 오랫동안 잠을 이룰 수가 없어 다른 학생들의 숨소리에 귀 기울이고 있었는데, 어디선가 한 소년의 울음소리가 들려 왔다. 그 흐느낌을 들으니, 한스의 마음도 이상하게 울렁거리면서 조용하고 작은 고향 집이 그리워졌다. 그러나 슬픈 아이도, 반항적인 아이도, 쾌활한 아이도, 소심한 아이도 이내 모두 깊고 깊은 잠의 세계로 빨려 들어갔다.

　다음날, 신학교 기도실에서는 웅장한 입학식이 거행되었다. 교장의 축사 낭독이 있었고, 학생들은 감격스런 표정으로 의자에 앉은 채 가끔씩 뒤에 앉아 있는 부모님의 모습을 힐끔거리며 둘러보았다.

　어머니들은 온화한 미소를 띠고 자식들을 지켜보았고, 아버지들은 엄숙하고 단호한 자세로 행사를 지켜보았다. 끝으로 학생들 한 명씩 이름을 부르면 앞에 나가 교장 선생님과 악수를 했다. 이것으로서 그들은 특별한 잘못이 없는 이상 국가로부터 평생을 보호받으며, 직업까지 얻게 된 것이다.

　부모들은 걸어가거나 우편 마차를 이용하는 등 여러 가지 교통편으로 고향으로 돌아갔다. 마침내 모든 방문객이 돌아가자 학생들은 조용히 생각에 잠겨 수도원으로 돌아왔다.

　그리고는 각자 자기 방 동료들끼리 어울리며 서로 얼굴을 익혔다. 잉크병에 잉크를 붓고, 램프에 석유를 부으며 서로 거처하는 방을 보기 좋게 만들려고 노력했다. 그들은 서로 호기심을 가지고 이야기를 나누었고, 힘들었던 시험에 대해 이야기하곤 했다.

저녁 무렵이 되어서는 어느새 같은 방 학생들끼리 친숙한 사이가 되었다.

한스와 함께 헬라스 방에서 같이 지낼 아홉 명의 학생들 중에는 개성 있는 소년들이 네 명 있었다. 먼저 슈투트가르트에서 온 교수의 아들 오토 하르트너는 강한 자신감을 가지고 있었고, 몸도 건장하고 옷도 멋들어지게 입었으며 능숙한 행동으로 같은 방 학생들의 시선을 사로잡았다.

고지의 작은 마을 면장 아들인 카를 하멜은 다혈질의 소년이었다. 그는 때로는 감정을 폭발시켜 난폭해졌다가 시간이 조금 지나면 다시 조용하게 변해 자기 껍데기 속으로 들어가 버렸다. 그래서 조용한지 난폭한지 성격을 알 수가 없었다.

한편, 슈바르츠발트의 좋은 집안 출신인 헤르만 하일러는 뛰어난 외모에 힘있게 이야기를 하는 소년이었다. 게다가 그는 바이올린을 가지고 있었고, 눈에 띄지는 않지만 또래에 비해 성숙한 내면을 지니고 있었다.

무엇보다도 헬라스 방에서 가장 특이한 인물은 에밀 루치우스였다. 그는 옅은 금발머리를 한 꼬마였으나, 나이 든 농부처럼 끈기 있고 성실했다. 그의 얼굴과 행동은 소년 같지가 않고 어른의 그것처럼 보였다.

　다른 아이들은 일부러 활기 있는 척하면서 수도원의 생활에 익숙해지려고 애를 쓰고 있을 때, 그는 문법책을 들여다보면서 줄곧 공부만 했다.

　이 조용한 변덕쟁이인 에밀 루치우스가 얼마나 교활한 녀석인지를 알게 된 것은 얼마 후의 일이었다. 그는 지독한 구두쇠에다가 이미 돈 버는 방법을 터득한 소년이었다.

　루치우스는 화장실에 세수를 하러갈 때 맨 처음 아니면 맨 나중에 나타나 다른 아이의 수건을 사용했다. 가능하면 비누도 다른 사람의 것을 사용해 가며 자신의 것을 절약했다. 그리하여 그의 수건은 언제나 2주일 이상이나 쓸 수 있었다.

하지만 모든 수건은 일주일마다 수석 조교가 검사하여 바꾸게 했다. 그래서 루치우스는 월요일 아침이 되면 새로운 수건을 가지고 있다가, 점심 휴식 시간에 그것을 깨끗이 접어 원래 상자에 넣고 헌 수건을 다시 걸어 두었다. 그의 비누는 몇 개월은 너끈히 쓰고도 남았지만 그렇다고 그의 외모가 지저분한 것은 아니었다. 그는 언제나 말끔한 차림새를 유지하고 있었다.

루치우스는 세수를 하고는 곧장 아침을 먹으러 갔다. 아침 식사라고는 커피, 설탕 한 개, 밀빵 한 조각이 전부였다.

보통의 소년들은 준비된 것을 모두 먹고도 부족함을 느끼게 마련이었지만, 루치우스는 매 식사 시간마다 설탕 한 개를 먹지 않고 절약해 모아 두었다. 그래서 1페니히에 설탕 두 개, 공책 한 권에 설탕 25개, 이런 식으로 물건과 교환해 사용하곤 했다. 거기다가 밤에는 값비싼 석유를 절약하기 위해 다른 학생의 불빛으로 공부를 하기도 했다.

그러나 그가 가난한 집의 아들은 아니었다. 오히려 매우 평탄하고 넉넉한 집안에서 태어났다. 원래 가난한 집 아이들이 오히려 절약하는 법을 모르고, 언제나 가지고 있는 것을 홀라당 다 써 버리기 일쑤인 법이다.

에밀 루치우스는 물건뿐 아니라, 정신 세계에서도 가능한 이득을 보려고 애썼다. 그는 영리한 머리를 가졌기 때문에 열심히 해 두면 다음 시험에서 효과를 보는 과목에만 몰두하고, 그렇지 않은 나머지 과목들은 대충 공부를 해 두었다.

그는 모든 과목을 동급생의 평균에 목표를 두고 공부했다. 그래서 그는 다른 아이들이 열심히 놀고 있을 동안에 홀로 공부를 했다. 그래야만 자신의 노력이 두 배로 빛을 발휘할 수 있기 때문이었다.

그러나 그런 그도 바보 같은 짓을 할 때가 있었다. 수도원의 수업은 전부 무료였기 때문에 그것을 이용해서 바이올린 수업을 받으려고 했던 것이다. 예전에 바이올린 교육을 받았던 적도 없었고, 뛰어난 음악적 재능을 지닌 것도 아니었다. 그저 그는 나중에 써 먹을 수 있겠다 생각하고, 학교의 바이올린을 배울 결심을 한 것이었다.

루치우스가 음악 선생님인 하스를 찾아가 바이올린을 배우고 싶다고 하자, 그는 몹시 화를 냈다. 왜냐하면 음악 시간에 루치우스가 부른 노래들은 동급생들을 몹시 기쁘게 해 주는 동시에,

음악 선생님을 굉장히 실망시켰기 때문이다.

그래서 음악 선생은 루치우스를 단념시키려고 노력했지만, 이는 루치우스를 너무 만만하게 본 것이었다. 루치우스는 겸손한 미소를 지으면서도 자신의 정당한 권리를 조목조목 주장하였고, 그 결과 연습용 바이올린 중 가장 나쁜 것을 골라 매주 2회 수업을 받기로 했다.

그러나 처음 연습한 날 이후 같은 방을 쓰는 학생들의 원망 소리에 루치우스는 바이올린을 들고 수도원 내의 조용한 구석을 헤매고 돌아다녀야 했다. 그리고 그곳에서도 '지이익지이익'거리는 듣기 싫은 소음을 만들어 근처의 학생들을 괴롭혔다.

문학도였던 하일러는 이 광경을 보고는 낡은 바이올린이 벌레 먹은 구멍으로 절망적인 비명을 지르며 제발 참아 달라고 탄원하는 것이라고 말했다.

음악 선생님 하스는 갈수록 더 인내심이 바닥나 신경질을 내고 말았다. 결국 루치우스에게 더 이상 가르칠 수 없다고 선언했고, 루치우스는 그래도 무엇이든 배워 보겠다는 욕심을 버릴 수가 없어 다시 피아노를 선택해서 몇 달 동안 애를 썼다.

그러나 유감스럽게도 아무런 성과도 거두지 못했고, 결국 의기소침해져서 그만 단념을 하게 되었다. 하지만 후에 음악에 관한 이야기만 나오면 자신이 예전에 피아노와 바이올린을 배운 적이 있었으며, 사정이 생겨 아름다운 예술을 포기할 수밖에 없었다고 말하곤 하였다.

이와 같이 헬라스 방에는 동료들을 웃음짓게 하는 학생이 많았는데, 문학도인 하일러도 그중 하나였다. 카를 하멜은 다른 학생보다 한 살 위였는데, 다소 권위 있어 보였지만 존경받으려고 하지 않았다. 오히려 그는 변덕스러워 거의 매주마다 다른 학생들에게 싸움을 걸었다.

한스 기벤라트는 선량하고 얌전한 모습으로 묵묵히 자신의 길을 걸어갔다. 그는 루치우스 못지않게 근면 성실해서 하일러를 제외한 다른 학생들로부터 존경의 시선을 받았다.

모든 아이들은 서로 융합하며 어른스러움을 유지하려 노력했지만, 가끔은 무지막지한 독설과 욕지거리를 내뱉음으로써 자기들의 정체를 드러내곤 했다. 점점 그들 사이에 클럽이 생기고 우정과 반감이 드러났다.

같은 고향이나 학교 출신끼리 어울리는 경우는 거의 드물었고, 도시 아이는 농촌 아이에게, 부유한 아이는 가난한 아이에게 하는 식으로 잠재해 있는 의식의 부족함을 서로의 다양성으로 보충했다.

서로 결투를 벌이기도 하고, 그것이 우정으로 발전되기도 했으며, 때로 날카로운 적대감을 갖는 경우도 생겼다.

한스는 이러한 움직임에 대해 겉으로는 전혀 관심을 보이지 않았다. 카를 하멜이 열정적으로 우정을 표시했을 때는 오히려 놀라서 물러나 버렸다. 그 후 하멜은 스파르타 방의 아이와 친해졌고, 한스는 홀로 남았다.

어머니가 없는 엄격한 유년 시절을 보낸 한스는 애착이라는 것이 쉽게 생기지 않았고, 열정적인 것에 대한 공포심을 가지고 있었다. 그러나 한편으로 다른 아이들이 우정을 나누는 것을 보면 질투와 동경하는 마음이 들어 고민에 빠지기도 했다.

만약 카를 하멜이 아닌 다른 아이가 그에게 가까이 다가왔다면 그는 순순히 따라갔을 것이다. 그러나 요즈음은 히브리어 수업으로 바빴기 때문에 대부분의 소년들은 시간이 부족했다.

마울브론을 둘러싼 작은 호수들에 가을의 그림자가 드러누웠다. 아름다운 초가을의 나뭇가지들은 바람에 흔들리며 바스락소리를 냈다.

감상적인 헤르만 하일러는 자신과 비슷한 친구를 얻으려 노력했으나 실패하고, 매일 외출 시간이면 혼자 숲속을 방황했다. 그가 즐겨 찾아간 호수는 갈대밭으로 둘러싸인 우울한 갈색 연못이었다.

그 연못은 공상을 좋아하는 하일러를 힘차게 끌어들였다. 그는 그곳에서 책도 읽고, 죽음이나 소멸에 대해 생각하기도 했다. 그러고는 종종 검은 수첩을 꺼내 한 구절 두 구절 시를 적곤 했다.

가을이 저물어 가는 11월에 한스가 혼자 산책을 하다 하일러를 만났을 때에도 그는 시를 쓰고 있었다.

"하일러, 지금 뭐 하니?"

"호머를 읽고 있어."

"내가 보기에는 시를 쓰고 있는 것 같은데?"

"그렇게 생각하니?"

한스와 하일러는 나란히 앉아서 물 위에 흔들흔들 떠다니는 나뭇잎을 바라보았다.

"여기는 정말 쓸쓸한 곳이구나."

"응, 정말 그런 것 같아."

"저기 저 구름 좀 봐. 정말 아름다운 구름이지?"

"그렇구나, 한스 기벤라트."

둘은 땅에 등을 대고 누워 푸른 하늘에 피어오르는 구름을 바라보았다.

"저런 구름이 되었다면 얼마나 좋을까? 숲이며 마을이며 멀리

멀리 아름다운 배처럼 다닐 수 있을 텐데……. 근데 너는
혹시 배를 본 적 있니?”

“아니, 본 적 없어. 하일러 너는 본 적 있니?”

“물론이지! 보고말고. 너는 도대체 공부말고는 아무것도
모르는 녀석이구나. 휴가 때 라인강에서 배를 보았지. 한

번은 일요일에 배 위에서 음악을 들었어. 깜깜한 밤에 색색의 불이 물 위를 비추고 있었지. 모두들 술을 마시고 있었고, 소년들은 하얀색 옷을 입고 있었어."

한스는 눈을 감고 배 위의 광경을 상상해 보았다. 귀에는 은은한 음악 소리가 들리는 듯하고, 눈 앞에는 하일러가 말한 장면이 펼쳐지는 듯했다.

"지금과는 전혀 달라. 여기 있는 사람 중에 그날 밤의 느낌을 아는 사람은 아무도 없을 거야. 악착같이 공부만 하고 히브리어 알파벳이나 외우는 것들은 아무것도 모를 수밖에. 그건 너도 마찬가지야."

한스는 잠자코 듣기만 했다. 하일러는 매우 이상하고 신기한 소년이었다. 그는 아주 조금밖에 공부하지 않았는데도 지식이 상당히 풍부했고, 어떤 질문에도 훌륭한 대답을 할 수 있었다. 그러면서도 그런 지식들을 경멸했다.

"우리들은 오디세이를 마치 요리책인 양 읽고 있어. 한 시간에 두 구절씩 읽고서는 한 자 한 자 되풀이해서 구역질이 날 때까지 계속 읽지. 그리고는 수업 끝에 '이제 여러분들은 이 시인이 얼마나 미묘한 표현을 사용했는지 알았지요?'라는 말을 듣지. 그러한 방법이라면 나에겐 호머 전체가 무의미해. 도대체 고대 그리스와 지금 우리가 무슨 상관이 있단 말이야? 우리들 중에서 누가 조금이라도 그리스 식으로 생활하려고 든다면 당장 쫓겨날 거야. 그런데도 우리들 방의 이름은 헬라스라고 부르지! 이건 정말 쓸데없는 속임수라고."

하일러는 거칠게 자신의 생각을 털어놓았다.

"하일러, 너 조금 전에 시를 쓰고 있었지? 나한테 보여 주겠니?"

이번에는 한스가 하일러에게 물었다.

"좋아. 아직 다 쓰지 않았으니 다 쓰면 보여 주지."

둘은 일어나서 수도원을 향해 천천히 걸었다.

한스는 오후 내내 하일러에 관한 상념에 빠져 있었다. 하일러는 자신만의 생각을 가지고 있었고, 누구보다 자유로운 생활을 누리고 있었다. 그는 오래된 기둥과 담벼락의 아름다움을 이해하고 있었으며, 한스 자신이 일 년 동안 쓸 말보다 더 많은 재치 있는 농담을 매일 쏟아 냈다. 그러면서도 그는 우울함을 즐기고 있는 것처럼 보였다.

그날 저녁 무렵, 하일러와 같은 방 학생인 오토 뱅거 사이에 싸움이 났다. 잠시 동안 하일러는 그를 놀리기만 하다가 마침내 뺨을 때리며 달려들었다.

그러고는 두 명 모두 성난 소처럼 달려들어 물어뜯고, 부딪치고, 의자를 넘어뜨리며 헬라스 방 안을 엉망으로 만들었다. 방 안의 다른 아이들은 모두 구경꾼이 되어 버려, 엉겨붙어 싸우는 둘을 피해 소지품을 재빠르게 치울 뿐이었다.

몇 분 후, 하일러는 숨을 헐떡거렸다. 눈은 빨갛게 충혈되어 있었고, 셔츠는 찢어졌으며 바지는 구멍이 난 채였다.

하일러는 거만하게 외쳤다.

"이제 더 이상 싸우지 않겠다. 때리고 싶다면 네 맘대로 나를 때려라."

오토 뱅거는 욕을 하고는 물러섰다.

하일러는 책상에 기대어 바지 주머니에 손을 넣고는 생각에 잠겨 있었다. 그러더니 별안간 눈물을 뚝뚝 흘리는 것이었다. 신학생이 눈물을 흘린다는 것은 가장 경멸받을 일 중 하나였다. 그럼에도 불구하고 그는 우는 것을 전혀 감추려고 하지 않았다.

마침내 하르트너가 그에게 다가갔다.

"하일러, 너 눈물을 흘리는 게 창피하지도 않니?"

"부끄럽냐고? 난 너희들한테 조금도 부끄럽지 않아!"

그는 멸시하는 목소리로 크게 외치고는 화가 난 듯 방에서 나갔다.

한스는 한동안 그 자리에 꼼짝 않고 서 있다가 조용히 용기를 내어 자취를 감춘 하일러를 찾아 나섰다. 하일러는 어둡고 침침한 창문가에 앉아 있었다.

"누구냐?"

"나야, 한스."

"도대체 무엇 때문에 날 찾아왔지? 용건이 없다면 제발 돌아가 줘."

"그래? 알았어. 그렇다면 돌아가지 뭐."

기분이 상한 한스가 돌아가려고 할 때, 하일러가 다시 한스를 잡았다. 그러고는 둘이 마주 보았다.

하일러는 천천히 한스의 어깨를 붙잡고는 한스를 끌어당겼다. 그러고 나서 갑자기 하일러의 입술이 자기 입술에 닿는 것을 느끼자 한스는 그만 소스라치게 놀라고 말았다.

그의 심장은 너무 놀라 바스라질 것 같았고, 답답증으로 들먹거렸다. 누군가에게 이 현장을 들킬 수도 있다고 생각하니 더욱 소스라칠 일이었다. 아무 말도 나오지 않고, 피가 세차게 머리 위로 올라오는 것 같았다.

아마 이 광경을 본 어른들은 순결한 우정의 표시로 알고 흐뭇한 웃음을 지을지도 모를 일이었다. 둘은 다 같이 귀엽고 미래가

창창한 소년들이었다. 그들의 절반은 어린이다운 천진함으로, 또 절반은 청년 시절의 아름다운 자부심으로 가득 차 있었다.

차츰 신입생들은 공동 생활에 적응해 나갔다. 서로에 대해 많은 것을 알게 되고 우정을 싹 틔웠다.

짝을 지은 학생들 중에는 함께 히브리어 단어를 외우는 이들도 있었고, 스케치를 하거나 산보를 하는 학생들도 있었다. 라틴어를 잘하는 대신 수학에 서툰 학생들은 그 반대의 학생과 힘을 합쳐 공부를 하기도 했다.

또 햄을 많이 가져 남들의 부러움을 샀던 쉬탐하임의 원예가 아들은, 상자 속에 잘 익은 사과를 가득 채워 둔 학생과 서로 물건을 맞바꾸어 먹기도 했다. 그러면서 물물 교환에 기초를 둔 우정을 견고하게 다져 나가곤 했다.

루치우스처럼 고립된 사람도 소수 있었는데, 겉보기에 전혀 어울리지 않는 헤르만 하일러와 한스 기벤라트도 그런 편에 속했다. 이들의 만남은 경솔함과 조심성, 시인과 노력가의 불협 화음이었다.

하일러는 가장 똑똑하고 재주가 뛰어나다고 손꼽혔지만 '게으른 천재'라는 조롱을 받았고, 한스는 모범적인 소년이라는 평을 받았다. 하지만 다른 학생들은 자신의 친구 관계에 바빠 그들에게 그다지 신경 쓰지 않는 것 같았다.

학생들의 개인적인 상황들과 상관 없이 학교는 돌아갔다. 무엇보다도 히브리어가 상당히 힘들었다. 또 신약 성서는 더욱 미묘해서 쉽사리 이해가 가지 않았다. 그리고 오디세이의 힘 있고 가벼운 음조에서는 균형 잡힌 운율을 느낄 수 있었다.

그것은 때로는 윤곽도 없이 날아가는 것도 같았고, 어느 때는 두서너 마디의 말 속에 아름다움이 빛나면서 떠오르기도 했다. 이것에 비하면 역사가 크세노폰이나 리비우스는 그 빛을 잃을 정도였다.

한스는 모든 것들이 그의 친구들에게는 자기와 다른 방법으로 관찰되고 있다는 것을 알고 몹시 놀랐다. 하일러에게는 추상적인 것은 존재하지 않았다.

수학은 그에게 믿을 수 없는 수수께끼만을 던지는 스핑크스였고, 그는 이 괴물을 피해 멀리 도망을 가려고만 했다.

하일러와 한스의 우정은 서로에게 색다른 관계였다. 하일러에게는 오락이며 사치였고, 혹은 변덕스러운 것이었으나, 한스에게 있어서는 때로는 자랑스러운 보물이었고, 어떤 때는 무거운 짐이었다.

그때까지 한스는 저녁 무렵이면 늘 공부를 했는데, 하일러는 공부에 싫증이 나면 거의 매일 한스를 찾아와 그의 책을 밀어 버리고 밖으로 가자고 꾀는 것이었다.

한스는 이 친구를 몹시 사랑했으나 나중에는 그가 오는 것이 두려워 제한된 시간에 남들보다 더 열심히 공부를 하려고 애를 썼다. 하지만 그런 모습을 하일러는 달가워하지 않았다.

"한스, 너의 행동은 품팔이에 지나지 않아. 너는 어떤 공부든 네가 하고 싶어서 하는 것이 아니라, 단지 선생과 아버지가 무서워서 할 뿐이야. 나는 20등이지만 매일같이 열심히 공부를 하는 너희들보다 멍청하지 않다고!"

한스는 하일러가 교과서를 다루는 것을 처음 보았을 때 너무나 놀랐다. 그는 어느 페이지고 온통 연필로 낙서를 해 놓았고, 피레네 반도의 서해안은 사람의 얼굴 옆모습으로 바꾸어 놓았다.

또한 코는 포르투갈에서 리스본에 이어지고, 피니스테레 지방은 곱슬거리는 머리카락으로 바꾸어져 있었다. 성 뱅상 갑의 앞쪽은 얼굴을 가득 덮은 수염으로 변해 있었다.

항상 책을 신성하게 다루었던 한스는, 이러한 대담함이 신을 모독하는 행위이면서 한편으로 영웅적인 행위라고 생각했다.

마음 착한 한스는 그의 친구들에게 일종의 고양이처럼 느껴졌을지도 모른다. 하지만 하일러는 한스가 필요했기 때문에 그를 옆에 두었다. 그는 자신의 마음을 솔직히 털어놓을 상대, 자신이 말하는 것을 열심히 들어줄 사람, 자기 말에 감탄할 사람이 필요했던 것이다.

하일러 같은 성격을 가진 사람들이 대개 그렇듯이, 그도 때때로 아무 근거도 없이 다소 어리광스러운 우울증에 시달렸다. 그 원인은 어린 마음속에 숨은 외로움이고, 어슴푸레한 욕망이 아직 목적을 찾지 못함이고, 어른이 될 때의 이유 없는 충동심일 것이었다.

그럴 때마다 그는 동정을 받고 사랑을 받고 싶어했다. 예전에 어머니의 사랑을 듬뿍 받았던 것처럼, 지금은 친구의 위안을 받고 싶어했다.

해가 기울어 저녁 노을이 질 때면 하일러는 지쳐서 한스를 찾아오는 일이 자주 있었다. 그리고 공부를 하고 있는 한스를 유혹해 밖으로 나가서는 차가운 홀과 높은 기도실을 함께 서성거리기도 했다.

하일러는 갖가지 감성적인 탄성을 자주 내뱉었고, 한스는 그런 것들이 잘 이해 되지 않았지만 때로는 자기도 모르는 무언가가 가슴을 울리기도 했다.

특히 늦가을의 비구름이 하늘을 캄캄하게 점령하고, 은은한 빛을 내뿜는 달이 구름 뒤에 살짝 숨어 있는 밤이면 하일러의 비탄은 절정에 달했다. 그럴 때마다 죄도 없는 한스에게 하일러는 자신의 감정을 쏟아부었다.

한스는 하일러의 고통스러운 탄식에 시달려 괴로움을 당하다가는 급히 서둘러 남은 시간 동안 공부에 매달렸다. 하지만 공부는 점점 어렵게만 느껴졌다.

괴짜와의 우정 때문에 지치고, 자신의 성격도 조금씩 변해 가고 있다는 사실을 어렴풋이 느꼈지만, 한스는 눈물을 흘리는 하일러를 보면 가여운 마음이 들어 그를 버릴 수가 없었다.

그러는 동안에 어느덧 11월이 되었다. 램프를 켜지 않고는 공부를 할 수 없는 시간이 많아졌고, 폭풍이 몰아치는 어두컴컴한 밤이면 울부짖는 듯한 소리가 수도원을 감싸안았다.

나뭇잎도 이제는 하나도 남아 있지 않았고, 마른 나뭇가지만 앙상하게 흔들리고 있었다. 이럴 때쯤이면 하일러는 완전히 우울해져 한스한테도 오지 않고 외딴 연습실에서 난폭하게 바이올린 줄을 잡아 당기거나 친구들에게 싸움을 걸었다.

어느 날, 하일러가 연습실을 찾았을 때였다. 마침 루치우스가 악보를 보고 바이올린을 연습하고 있었다.

"이제 그만 할 때도 됐잖아."

기다리다 지친 하일러가 루치우스에게 말했지만, 양보할 루치우스가 아니었다. 하일러는 화가 치밀어 악보대를 발길로 걷어찼고, 악보대가 루치우스의 얼굴에 부딪치고 말았다.

"이 일을 교장 선생님께 말씀드리겠어!"

"네 맘대로 해. 그리고 엉덩이도 함께 차였다고 이르는 편이 좋겠지."

하일러가 루치우스의 엉덩이를 걷어차려고 달려들었다. 루치우스는 재빠르게 몸을 돌려 입구로 달아났고, 둘의 추격전은 계속되었다. 둘은 복도와 넓은 방을 지나서 구석진 곳에 자리잡은 교장의 저택에까지 다다랐다.

서재의 문 앞에서 가까스로 하일러가 루치우스를 잡았으나, 이미 노크를 하고 난 뒤였다. 하일러에게 차인 루치우스가 열린 문 안으로 쏘옥 빨려들어갔다. 이제까지는 단 한 번도 없었던 사건이었다.

"수년 이래 이곳에서 이런 벌이 내려진 적은 없었다. 십 년이 지나도 사람들이 이 일을 결코 잊지 않도록 해 주겠다."

교장 선생님의 말에 학생들 모두는 겁을 잔뜩 집어먹고 하일러를 힐끔힐끔 쳐다보았다.

하일러는 파랗게 질린 얼굴이었지만, 꼿꼿이 선 채로 반항적인 태도를 잃지 않고 있었다. 많은 학생들은 속으로 감탄어린 시선을 보냈고, 하일러는 감금되어 홀로 남게 되었다.

벌을 받고 있는 하일러 편이 되려면 용기가 필요했다. 한스 기벤라트는 하일러의 편이 될 수 없었다. 그는 자기의 비겁함이 부끄러워 방 안에 틀어박혀 얼굴도 들지 못했다.

때때로 하일러를 방문할 수만 있다면 많은 희생을 치르더라도 상관 없다는 생각이 들기도 했지만, 수도원에서 감금을 당한 사람에게는 특별한 감시가 뒤따랐기에 쉽게 그럴 수도 없었다. 이미 낙인이 찍힌 하일러와 친구가 되는 것은 나쁜 평판을 감수해야 했다. 한스는 우정과 공명심과의 싸움에서 갈팡질팡했다.

하일러도 모든 학생들이 자신을 피하고 있다는 것을 느꼈다. 그리고 그런 것도 당연하다고 여겼다. 하지만 신뢰감을 가지고 있던 한스에게만큼은 배신감과 분노를 느꼈다.

하일러는 창백하고 거만한 얼굴로 한스 곁에 서서는 나지막한 목소리로 말했다.

"이 자식, 너는 비열한 놈이야! 한스, 너는 아주 더러운 자식이라고!"

하일러의 감금 사건이 있은 며칠 후, 수도원에는 하얀 눈이 수북이 내렸다. 그리고 며칠 동안 맑고 차가운 날씨가 계속되어 눈싸움이나 스케이트를 즐길 수가 있었다. 또 크리스마스와 방학이 다가온 것을 알고 모두 기뻐하는 눈치였다.

하일러는 조용하게 지냈지만, 반항적으로 머리를 꼿꼿이 들고 오만한 표정으로 돌아다녔다. 누구하고도 말을 하지 않았고, 항상 수첩을 들고 다니며 시를 적곤 했다.

참나무, 오리나무, 수양버들에는 서리가 쌓여 있었고, 얼어붙은 눈은 시선을 끄는 희한한 모양을 하고 있었다. 크리스마스를

기다리는 즐거움은 엄격한 선생님들의 표정마저도 부드럽게 변화시켰다. 차갑게 굳어 있던 하일러의 표정도 조금은 부드러워진 것 같았다.

방학이 시작되기 며칠 전, 헬라스 방의 학생들은 소박하지만 재미있는 시간을 마련했다. 헬라스 방에서 벌어질 크리스마스 축하 파티에 선생님들을 초대하기로 한 것이다.

축하 인사말 낭독, 피리 독주와 바이올린 이중주가 준비되었고, 관중들의 재미를 돋우기 위해 카를 하멜의 제안으로 에밀 루치우스가 바이올린 독주를 하기로 했다. 선생님들에게는 초대장을 정중하게 돌렸다.

교장 선생님, 음악 선생님, 수석 조교, 복습 지도 선생님 등이 방에 들어오자 루치우스가 빌린 검정 예복을 입고 등장하였다. 그러자 방 안에 있던 모두가 웃음을 터뜨렸다. 그에 의해 '고요한 밤'이 연주되기 시작했다. 찢어질 듯한 고통의 노랫소리는 몇 군데 끊기면서 울려 퍼졌고, 루치우스는 최선을 다해 끝까지 연주했다. 음악 선생님은 화가 머리 꼭대기까지 차 올랐고, 교장 선생님은 이를 유쾌한 듯이 바라보았다.

"잘 연주되지 않았습니다. 저는 겨우 지난 가을부터 바이올린을 켜기 시작했을 뿐이니까요."

"루치우스, 우리들은 너의 노력에 깊은 경의를 표한다. 그렇게 계속해서 연습을 한다면 분명 네가 원하는 목적에 도달할 수 있을 게다."

변명을 늘어놓는 루치우스에게 교장 선생님은 격려의 말을 해 주었다.

수도원에서도 12월 24일은 어느 침실이고 떠들썩하게 활기가 돌았다. 식당의 커다란 커피 주전자가 증기를 내뿜으며 끓기 시작하자, 학생들이 떼를 지어 나와서 기차 정거장을 향해 걸어갔다. 모두들 큰 소리로 떠들썩하게 이야기를 주고받거나 농담을 했지만, 각자의 마음속은 소망과 기대감으로 꽉 차 있었다. 도시나 농촌을 막론하고, 따뜻하고 화려하게 장식된 집에서 부모님과 형제자매들이 자신을 기다리고 있을 거라는 걸 알고 있기 때문이다.

하나같이 눈 덮인 숲속에서 추위에 떨면서 기차를 기다리고 있었다. 모두들 기쁨에 들떠 하나가 되어 어울렸는데, 유독 하일러만이 침묵을 지키고 있었다.

한스는 그런 하일러를 보며 부끄러움과 후회의 감정이 일어났다. 하지만 이내 곧 고향에 간다는 기쁨과 흥겨움 속에 사라지고 말았다.

"한스, 어서 오너라. 신학교 생활은 잘하고 있겠지?"

집에 돌아오니 아버지가 한스를 반갑게 맞이해 주었다. 하지만 그의 집에는 진정한 크리스마스의 즐거움은 없었다. 캐럴도 축제의 감격도, 어머니도, 전나무도 없었던 것이다. 대신 아버지는 준비한 선물을 듬뿍 건네주었다.

"한스야, 왜 이렇게 말랐냐? 너무 야위었구나. 수도원에서는 도대체 식사를 제대로 주기나 하는 게냐?"

"물론이에요. 가끔 두통이 날 뿐이에요. 다른 문제는 아무것도 없어요."

이제 한스는 예전의 동급생과는 달리 사람들이 부러워하는 높은 세계에 놓여 있는 것만 같았다. 자신에게 둘러싸여 있는 사람들과 대화를 하면서 그렇게 크리스마스의 밤은 지나갔다.

영혼을 나눈 친구들

　그동안의 경험에 따르면, 신학교 학생은 모두 진급을 하는 것이 아니라 중간에 몇 명은 꼭 사라지고 말았다. 때로는 죽는 사람이 생겨 고향으로 보내지기도 했고, 도망가는 학생도 있었으며, 특별한 죄를 저질러 퇴학당하는 이도 있었다.

　또 드물기는 하지만 청춘의 고민으로부터 해방되기 위해 스스로 자살을 하는 경우도 있었다. 한스 기벤라트의 반에서도 두서너 명의 학생이 사라졌는데, 이상하게도 모두 헬라스 방에서 일어났다.

　그중 힌두라는 별명을 가진 금발의 얌전한 소년 힌딩거가 있었다. 그 소년은 알고이라는 지방의 양복점 주인 아들이었다. 그는 구두쇠이자 궁중 명연주가인 루치우스 바로 옆에 있던 얌전하고 조용한 학생이었다. 그런데 그가 없어진 후에야 비로소 헬라스 방 모든 아이들이 그에 대해 호감을 가지고 있었다는 사실을 알게 되었다.

1월 어느 날, 힌딩거는 연못으로 스케이팅을 하러 가는 동료들의 무리에 끼여 있었다. 하지만 그는 스케이트는 타지 않고 그저 구경만 하려고 마음먹었다.

그런데 날씨가 추워지자 어떻게든 추위를 막아 보려고 강가 주변을 서성거리다가 작은 호숫가에 다다랐다. 그곳은 따뜻한 물이 흘러 물 위에는 얇은 살얼음이 얼어 있을 뿐이었다.

그는 갈대를 헤치고 그곳으로 들어가서는 그만 강물에 빠져 버리고 말았다. '사람 살려!'라고 외쳐 댔지만 아무도 그 소리를 듣지 못했고, 힌딩거는 차가운 물속에 그대로 가라앉아 버렸다.

오후 2시, 첫 수업이 시작되고 나서야 비로소 사람들은 힌딩거가 사라진 것을 알았챘다.

"힌딩거는 어디에 있나? 헬라스 방에 가서 찾아오너라. 아마 지각을 하는 모양이군. 하는 수 없지. 우선 74페이지를 펴고, 수업을 먼저 시작하자꾸나."

복습 지도 선생님의 말에 따라 수업은 진행되었다.

하지만 시간이 흘러도 힌딩거가 여전히 나타나지 않자 그제야 걱정이 되어 교장 선생님한테 이 일을 알렸다.

곧 교장 선생님이 교실로 와서 열 명의 학생과 복습 지도 선생님에게 수색하고 오라는 명령을 내렸다. 남아 있는 학생들에게는 받아쓰기 연습을 시켰다.

오후 4시가 되어서 복습 지도 선생님은 교실로 들어와 교장 선생님에게 귓속말로 무엇인가를 속삭였다.

"모두 조용히 하도록 해라! 여러분들의 학우 힌딩거가 못에 빠진 모양이다. 그러니 너희들도 그를 찾는 일을 도와주어야겠다. 제멋대로 행동하지 말고, 모두 선생님의 지시에 따르도록!"

놀란 학생들은 웅성웅성거리면서 선생님을 따라 밖으로 나갔다. 도시에서 온 여러 명의 어른들은 밧줄과 널빤지, 막대기를 들고 나타나 함께 수색에 나섰다. 날은 점점 추워졌고 어두워져 갔다.

마침내, 딱딱하게 굳어 버린 소년의 시체를 찾았을 때는 이미 해가 진 뒤였다. 학생들은 겁에 질린 새처럼 불안한 눈빛으로 불과 얼마 전까지 함께 있었던 친구의 시체를 바라보며 파랗게 굳어 버린 손가락을 문질러 댔다.

물에 빠진 힌딩거의 시체가 운반되고 그 뒤를 따라가면서 그제야 그들의 가슴속은 무서운 전율에 휩싸였고, 막막하고도 웅장한 죽음에 두려움을 느꼈다.

슬픔에 목메어 서럽게 우는 일행들 속에서 한스와 지난날의 친구 하일러도 나란히 걷고 있었다.

죽음의 강한 충격으로 잠시나마 모든 이기심 같은 것들이 허무하게 느껴졌던 걸까? 한스는 갑자기 하일러의 창백한 얼굴을 보자 말할 수 없는 괴로움을 느꼈다. 한스가 손을 잡으려고 다가가자 하일러는 화가 난 듯이 손을 감추고 맨 뒷줄로 사라져 버렸다.

정직하고 모범적인 소년 한스의 가슴은 온통 고통과 부끄러움으로 소용돌이쳤다. 얼어붙은 들판을 걸어가면서 추위로 차가워진 볼 위로 눈물이 계속 흘러내리는 것을 막을 수가 없었다.

그는 사람에게 잊어버릴 수 없고, 후회해도 소용 없는 죄와 태만이 있다는 것을 새삼 깨달았다. 그리고 선두에 누워 가는 시체는 양복점 주인 아들 힌딩거가 아니라, 하일러인 것만 같았다. 그가 성적이나 시험이 아닌, 양심이나 깨끗함을 목표로 삼는 다른 세계를 향해 한 걸음 한 걸음 나아가고 있는 것처럼 느껴졌다.

수도원에서는 교장 선생님이 앞장 서서 죽은 힌딩거를 맞이했다. 선생님들은 살아 있는 학생에게는 한 번도 보인 적이 없는 친절과 부드러움으로 죽은 학생을 대했다.

평소에는 그네들이 아무런 생각 없이 상처를 주고 있는 생명들이 얼마나 소중하고 고귀한지 이 순간이나마 강하게 느끼는 것 같았다.

그날 밤도, 그 다음날도 눈에 띄지 않는 시체의 존재는 마술과도 같은 작용을 일으켜 모든 사람들의 행동이나 언어를 부드럽게 만들었다. 그래서 그 짧은 기간 동안에는 어떤 싸움도 분노도 웃음도 자취를 감추고 사라졌다.

학생들은 익사한 아이에 관한 이야기를 할 때면 예의를 갖춰 이름을 불렀다. 살아 있는 동안에는 눈에 띄지 않고 얌전하기만 했던 친구 힌두가, 죽은 후에는 커다란 수도원을 가득 채웠다.

이틀 만에 힌딩거의 아버지가 도착했다. 그는 자기 아들이 머물던 방에서 두세 시간 동안 혼자 있었다. 그러고는 교장실로 가서 차를 한 잔 마시고 그날 밤은 여관에서 묵었다.

다음 날은 힌딩거의 장례식이 있었다. 관은 침실에 놓여 있었고, 힌딩거의 아버지는 그저 묵묵히 지켜만 보았다. 굉장히 마르고 날카롭게 생긴 그는 영락없는 양복점 주인이었다.

마침내 관을 나르는 사람들이 관을 들어올리는 순간, 슬픔에 잠겨 있던 양복점 주인이 한 걸음, 한 걸음 앞으로 다가섰다. 그러더니 넋을 잃고 조용한 방 한가운데 커다란 겨울 나무처럼 멈춰 버렸다.

그 모습이 너무나도 적막하고 초라했기에 보는 사람의 가슴도 시렸다. 목사가 그의 손을 잡고 가까이 다가서자 그는 층계를 따라 내려갔다. 묘 옆에는 찬송가를 부르는 학생들이 있었고, 양복점 주인은 추위에 떨며 슬픔에 잠겨 머리를 숙이고 있었다.

"저분 대신 우리 아버지가 그 자리에 서 있었다면 어땠을까 하는 생각이 머릿속을 떠나지 않더라."

오토 하르트너의 말에 다른 아이들도 모두 대답했다.

"나도 그런 생각을 했어."

"나도 바로 그런 생각을 했는데……."

장례식이 모두 끝난 후, 교장 선생님은 힌딩거의 아버지와 함께 헬라스의 방으로 왔다.

"너희들 중에서 혹시 저 세상으로 떠난 힌딩거와 특별히 친하게 지낸 학생이 있느냐?"

처음에는 아무도 대답을 하지 않았지만, 힌두 아버지의 불안하고 애처로운 표정을 보자, 루치우스가 앞으로 나섰다. 힌딩거의 아버지는 루치우스의 손을 덥석 잡더니 한동안 꼭 쥐고는 아무 말도 하지 못하다가 방을 나섰다.

그러고는 곧 아들의 외로운 죽음을 부인에게 말해 주기 위해

서둘러 기차를 타고 집으로 돌아갔다.

힌딩거의 죽음이 있은 얼마 후, 수도원에서의 신비한 마력은 그만 사라지고 말았다. 선생님들은 다시 학생들을 야단치기 시작했고, 헬라스 방에서도 사라진 한 소년에 대해서 생각하는 일이 거의 없었다.

한스 기벤라트는 불행한 참사 이후로 마음속에서 변화가 일어났다. 그것은 죽음의 공포도 아니었고, 마음 착한 힌딩거의 죽음을 애도하는 것도 아니었다. 오직 갑자기 눈을 뜨게 된 하일러에 관한 죄의식이었다.

하일러 또한 힌딩거의 죽음 이후로 어떤 충격을 받은 것처럼 보였다. 그는 병색이 짙은 얼굴을 하고 있었고, 다른 친구들하고는 거의 말을 하지 않았다.

그는 감금을 당한 이후로 줄곧 고독해 보였고, 말동무 없이는 한시도 견디지 못하던 그의 감수성은 상처받아 거칠게 변해 있었다. 선생들은 그를 혁명적인 불평 분자로 낙인찍고 엄중히 감시를 하였고, 학생들은 그를 피했다.

그는 처음에는 은둔자처럼 우울한 어조로 노래했으나, 점차 수도원이나 선생님, 동급생에 대한 신랄한 증오를 내비쳤다.

장례식을 치른 후 일주일이 지나자 병실에는 하일러만 남았다. 한스는 그에게 병문안을 갔다. 어색하게 인사를 하며 하일러의 손을 잡으려 했지만, 그는 무뚝뚝한 표정으로 고개를 돌렸다. 하지만 한스는 물러서지 않았다. 오히려 억지로 하일러의 고개를 돌려 자신을 바라보게 만들었다.

　"내 말 좀 들어줘. 나는 그때 비겁하게도 너를 버렸어. 그때는 신학교에서도 상위권에 들려는 나의 굳은 의지가 강했기 때문이었어. 그것을 너는 쓸데없는 짓이라고 말했지만, 나한테는 그것만이 유일한 이상이었지. 정말 미안하다. 네가 다시 나의 친구가 되어 줄지는 모르겠지만, 부디 나를 용서해 주렴."

　한스가 말하는 동안 하일러는 눈을 감은 채 묵묵부답이었다. 그의 마음은 친구를 향해 웃음짓고 있었지만, 이미 오랫동안 홀로 고독해져 있던 습관이 그 마음을 그대로 눌러 버렸던 것이다.

　"하일러, 나를 용서해 주길 바라! 나는 더 이상 너에게 죄의식을 갖느니, 오히려 꼴찌가 되어 버리는 편이 낫다고 생각해. 너만 좋다면, 우리 다시 친구가 되자. 다른 사람들은 신경 쓰지 말고, 우리끼리의 우정만을 생각하자."

　이때, 하일러가 눈을 뜨고 한스의 손을 꼭 쥐었다.

　며칠이 지나자 하일러도 병이 나아 병실에서 나왔다. 수도원에

서는 병실에서 다시 맺어진 이 두 사람의 우정에 대해 말도 많았다. 하지만 이 둘은 예전과는 달라진 모습을 보였다.

한스는 더욱 애정 넘치는 따뜻함을 갖게 되었고, 하일러는 힘차고 남성적인 모습을 되찾고 있었다. 둘은 그동안 서로를 그리워하고 있었기에 다시 우정을 쌓게 된 것을 커다란 선물로 여기게 되었다.

이미 조숙한 두 사람은 그들의 우정 속에서 첫사랑처럼 미묘하며 신비스러운 감정을 느끼고 있었지만, 한편으로는 조금 덜 성숙한 모습을 보이기도 했다. 그것은 다른 동급생 전체에 대한 반항심을 은근히 드러내는 일이었다.

다른 학생들에게 하일러는 친해질 수 없는 아이로, 한스는 이해할 수 없는 아이로 여겨졌다.

한스는 하일러와의 우정이 깊어질수록 학교를 점점 더 멀리했다. 새로운 행복감은 그의 피를 다시 신선하게 만들었지만, 그와 동시에 리비우스나 호머의 중요성은 빛을 잃어 갔다.

선생님은 모범생이었던 한스가 하일러의 영향으로 안 좋게 물들어 가는 것을 보고 놀랐다. 그렇지 않아도 천재적인 기질을 가지고 있던 하일러는 학교의 골칫덩어리였던 것이다.

선생님들은 한 사람의 천재보다 확실한 미래가 보장된 열 명의 바보를 더 원하는 법이다. 왜냐하면 선생의 임무는 일상적인 규칙을 벗어나려는 인간을 기르는 것이 아니라, 규칙에 따르는 성실한 인간을 기르는 것이기 때문이다.

진정으로 천재적인 인간이라면 학교 같은 것은 문제삼지 않으며 좋은 작품으로 다시 태어나기 위해 노력한다. 또는 나중에 죽어서 여러 세대에 걸쳐 후세의 선생님들로부터 새 평가를 받게 된다. 더욱이 학교 선생님들의 미움을 많이 받은 사람, 때때로 벌을 받은 사람, 쫓겨난 사람들이 나중에 나라의 보배가 되기도 한다. 그러나 사회와의 갈등으로 자기 자신을 소모하고 파멸하는 사람도 적지는 않다.

수도원의 원칙에 따라, 개성 강한 두 젊은이에 대해서는 따뜻한 관심보다도 엄격함이 날로 심해졌다. 다만, 가장 성실한 모습으로 히브리어를 배워 왔던 한스를 자랑스러워했던 교장 선생님만은 그를 구제해 보려고 노력했다. 그래서 한스를 교장실로 불러 타이르려 했다.

교장이라는 인물은 대단한 능력을 가진 자로, 학식도 실무적인 경영 능력도 탁월했다. 그뿐 아니라 학생들에게도 부드러운 호의를 가지고 있었으며, 학생들을 '자네'라고 부르길 즐겼다. 그의 결점은 강한 자부심이었는데, 이러한 결점이 종교 교단에서 아슬아슬한 곡예를 부리게끔 만들었다. 또 그는 자신의 세력이나 권위가 손상되는 것을 절대로 참지 못했고, 어떠한 잘못도 고백하지 못했다.

그래서 무능력하고 부정직한 학생들은 그와 쉽게 어울렸지만, 능력이 있고 정직한 학생들은 잘 어울리지를 못했다. 왜냐하면 교장 선생님의 의사에 조금만 반대를 표시해도 격분해서 소리쳤기 때문이다.

사람의 심리를 잘 이용하고 아버지를 대신하는 역할에 능한 교장 선생님은 지금 자신의 능력 발휘를 위해 한스를 부른 것이다.

"앉거라, 기벤라트."

교장 선생님은 주저주저하며 들어온 한스의 손을 다정하고 친절하게 감싸쥐었다.

"내가 하고 싶은 이야기가 좀 있네. '자네'라고 불러도 괜찮겠지?"

"물론입니다, 교장 선생님."

"최근 자네의 성적이 많이 떨어진 것은 알고 있겠지. 특히 지금까지 자네의 히브리어 성적은 항상 1등이었네만, 갑자기 성적이 곤두박질치고 있으니 유감이네. 혹시 히브리어에 대한 흥미가 사라졌는가?"

"그렇지는 않습니다."

"잘 생각해 보게나. 다른 과목에 집중하느라 히브리어에 신경을 못 쓸 수도 있으니까."

"그것도 아닙니다."

"정말인가? 좋아. 그렇다면 다른 원인을 찾아야겠구먼. 같이 한번 원인을 찾아보도록 하지. 예전에는 굉장히 흥미를 갖고 열심히 공부했으며, 성적도 아주 우수했어. 그런데 왜 갑자기 열정이 식어 버린 거지? 어디 아픈 데라도 있나?"

"아픈 곳은 없습니다."

"혹시 두통이라도 있는 게 아닌가? 혈색이 좋아 보이지는 않는구먼."

"가끔 두통은 나지만, 그리 심한 것은 아닙니다."

"흠, 그렇다면 공부량이 너무 많은 것은 아닌가?"

"아닙니다, 전혀."

"그렇다면 자네의 성적이 자꾸 떨어지는 이유를 전혀 모르겠

군. 하지만 어딘가에 원인이 분명 있을 거야. 한스, 내게 약속해 주게. 아주 지치지는 않겠다고 말이야. 그렇지 않으면 수레바퀴 아래에 깔려 버릴지도 모르니까 말일세."

교장 선생님은 한스의 손을 꼭 쥐고는 부드러운 목소리로 다시 물었다.

"기벤라트, 자네는 하일러와 친하게 지내는 모양이지?"

"네, 매우 친합니다. 그는 저의 친한 친구입니다."

"어떻게 하다가 그렇게 친해진 거지? 자네들의 성격은 영 딴판 인데 말이야."

"글쎄, 그건 저도 잘 모르겠습니다. 하지만 지금은 서로 깊은 우정을 나누는 사이가 되었습니다."

"내가 자네의 친구를 그다지 좋아하지 않는다는 것은 알고 있 겠지? 하일러는 침착함을 잃어버린 불평가이고, 천재성은 있는 지 몰라도 빈둥빈둥 노력하지 않고 생활하는 학생이야. 아마 그 는 자네에게 좋지 않은 영향을 미칠 걸세. 내 생각에는 자네가 그 로부터 좀 멀어졌으면 하는데, 자넨 어떻게 생각하는가?"

"그것만은 안 됩니다. 교장 선생님."

"아니 왜? 도대체 왜 안 된다는 거지?"

"왜냐하면 그는 저의 친구이기 때문입니다. 그를 저버릴 수는 없습니다.”

“음, 그런가. 하지만 하일러의 나쁜 영향을 그대로 받는 것은 자네뿐이야. 그 결과 자네가 변하는 것을 이미 느끼고 있었네. 자네는 하일러의 어떤 점이 그렇게 좋은 겐가?”

“그건 저 자신도 모르겠습니다. 하지만 우리 둘은 서로를 좋아하고 있고, 이제 와서 그와의 우정을 깨뜨릴 수는 없습니다.”

“자네의 의견은 잘 알아듣겠네. 나는 더 이상 자네에게 강요하지는 않겠어. 하지만 차차 하일러와 멀어지기만 바랄 뿐이야. 이만 돌아가 보게.”

교장 선생님의 마지막 말은 처음과 같은 부드러움은 조금도 담겨 있지 않았다.

교장실에 다녀온 후, 한스는 죽기 살기로 공부에 매달렸다. 하지만 예전처럼 순조롭게 진행되지 않았다. 그저 지나치게 뒤처지지 않을 정도로 힘들게 따라갈 뿐이었다.

그 원인의 일부분은 하일러와의 우정 때문이라는 것도 알고 있었다. 그러나 도리어 지금까지 소홀히 생각했던 모든 것을 보상할 수 있는 보물을 우정 속에서 발견한 기분이었다.

이전의 무미건조하고 삭막한 수도원 생활과는 비교할 수 없을 정도로 따뜻하고 친밀한 최근의 생활이었다.

그는 끊임없이 절망적인 한숨을 내쉬며 자기 자신을 재촉했다. 수업 내용을 대충 훑어보고도 중요한 것만 골라 재빠르게 머릿속에 구겨 넣는 하일러의 재주를 한스는 알지 못했다.

하일러는 대개 매일 저녁 한가한 시간에 한스를 찾아왔으므로, 그는 다른 사람보다 매일 아침 한 시간 먼저 일어나지 않으면 안 되었다. 그리고 마치 적과의 전쟁을 치르듯 히브리어 문법을 공부했다.

한스가 기쁜 마음으로 공부할 수 있는 것은 호머와 역사 시간뿐이었다. 역사 속 영웅은 차츰 그 이름이나 연대에 대한 이해보다는, 가까이에서 불타오르는 눈으로 바라보고 생생한 붉은 입술을 가지고 있는 것처럼 보였다.

어떤 영웅은 서늘한 돌과 같은 손을 가지기도 했고, 또다른 영웅은 야위고 뜨거운 손을 가졌다.

그리스어 원문으로 복음서를 읽을 적에 그는 이따금 여러 가지 인물을 확실하게 느끼고 깜짝 놀라기도 했다.

특히 「마가복음」 6장에서 예수가 제자들과 배에 오르는 장면을 대할 때는 압도당하는 느낌을 강하게 받았다. 거기에는 '사람들이 곧 예수임을 알아보고 온 지방을 뛰어다니며 병자들을 데려다 예수가 계시다는 곳을 찾아왔다.'라고 쓰여 있었다.

그 장면을 읽으니 그리스도가 배에서 내리는 모습이 머릿속에서 너무나 맑게 떠올랐다. 그리고 사랑으로 가득한 눈빛과 강렬한 영혼이 깃든 우아하고 섬세한 손, 환영하는 몸짓에 의해서 그리스도라는 것을 알아보았다.

거친 파도와 뱃머리가 순간적으로 눈앞에 펼쳐지기도 했고, 순식간에 감쪽같이 사라지기도 했다. 이런 일들은 이따금씩 되풀이되었다.

책 속에 갇혀 있는 인물들이나 역사 속 사건들이 다시 한 번 생명을 얻어, 한스의 눈앞에 비춰지기 위해 다투어 뛰어 나오는 것이었다.

한스는 이런 일을 겪으면서 이상한 생각이 들었다. 이같이 연기처럼 나타났다 이내 사라지는 현상을 경험하자 마치 검은 대지를 유리처럼 투명하게 들여다보는 것처럼 이상하게 변화된 자신을 느꼈다.

이런 귀중한 시간들은 부르지 않아도 찾아오고, 한탄할 틈도 없이 재빠르게 사라졌다. 한스는 이런 체험들을 하일러에게도 말하지 않고, 자기 가슴속에만 고이 간직했다.

한편 하일러는 예전의 우울함이 신랄한 비판 정신으로 변해서 수도원이나 선생님들, 친구들, 날씨, 신의 존재에 대해 비평을

하고, 때로는 싸움을 걸거나 엉뚱한 행동을 하기 일쑤였다.

　그는 다른 아이들과 대립하는 관계에 놓여 있었고, 경솔한 자부심으로 행동했기 때문에 곳곳에 날카로운 적대 관계마저 만들어 놓았다.

　그런 가운데 한스는 아무런 저항 없이 휩쓸려들어가 버려, 두 사람 모두 아이들로부터 멀어지게 되었다. 한스는 이런 대접이 별로 불쾌하게 느껴지지 않았지만, 교장 선생님에 대해서만은 불안감을 느꼈다.

이전에는 분명 총애 받는 제자였던 그가 지금은 냉정하게 취급받고 의도적으로 소홀하게 대해지고 있었다. 그럴수록 한스는 점점 더 교장 선생님의 과목인 히브리어에 대한 흥미를 잃어 갈 뿐이었다.

40명의 신입생 중 몇 명을 제외하고는 몇 개월 사이에 신체와 마음 모두가 변화해 버린 것은 분명 흥미있는 일이다. 많은 아이들은 몸집과는 상관 없이 키가 쑥쑥 자라서 옷 밖으로 손목과 발목을 우스꽝스럽게 드러냈다.

얼굴은 점점 사라져 가는 어린애다움과 수줍은 듯 드러나는 어른스러움이 어색하게 조화를 이루었다.

한스 또한 변했다. 몸집은 하일러에게 뒤지지 않을 정도로 커졌고, 부드럽기만 하던 이마도 각이 졌다. 눈은 한층 깊이 들어갔고, 혈색은 어두워졌으며, 팔 다리는 앙상하게 말랐다.

한스는 학교 성적이 떨어질수록 스스로 불만에 쌓여 더욱 단호하게 다른 친구들과의 관계를 끊었다.

그는 더 이상 모범생이나 장래의 우등생으로 어울리지 않았고, 다른 사람으로부터 그 사실이 깨우쳐질 때마다 고통스러웠다. 특히 한스는 모범생 하르트너나 건방진 오토 뱅거와 종종 싸움을 일으키기도 했다.

어느 날, 뱅거가 한스를 조롱하자 화가 난 한스는 주먹으로 맞
대응을 했다. 뱅거는 겁쟁이였지만, 자기보다 약한 상대인 한스
를 사정 없이 때렸다. 하일러는 그 자리에 없었고, 다른 학생들

은 한스가 맞는 것을 통쾌하게 여기고 말리지 않았다. 한스는 심하게 얻어맞아서 코피를 줄줄 흘렸고, 갈비뼈가 저렸다.

밤새 수치와 분노로 잠을 못 이룬 한스는 그날 이후 다른 아이들과 전혀 말을 하지 않고 지냈다.

봄이 되자 수도원 생활에 새로운 조직의 움직임이 일어났다. 하일러는 게르마니아 방의 독서 회의에 가입하고자 했으나 받아들여지지 않아, 그에 대한 보복심으로 성서 모임에 들었다. 그리고 겸손하고 조용한 그들의 대화에 대담한 이야기로 불화를 일으켰다.

어느 날 아침, 세면장 입구에 '스파르타의 여섯 경구'라는 제목의 글귀가 붙었다. 거기에는 행동이 두드러진 친구, 그들의 폭행과 못된 장난들이 신랄하게 풍자되어 있었다.

그 속에는 한스와 하일러 이야기도 포함되어 있었는데, 이는 수도원 안에서 상당한 화젯거리가 되었다.

그리고 다음 날 아침에는 이에 찬성하는 글과 새로운 공격의 풍자시가 나붙었다. 결국 거의 모든 학생들이 이 풍자시 전쟁에 참여했다.

마침내, 그 얘기가 어느 선생님의 귀에까지 들어가면서 소란스러운 장난은 끝이 나게 되었다. 스파르타 방의 둔스탄은 작은 종이를 복사하여 이야깃거리를 담은 신문을 만들고 '고슴도치'라는 이름을 붙여 발간했다.

결과는 대성공이었고, 그는 칭찬과 명성을 한꺼번에 얻었다. 하일러는 열정적으로 편집에 가담하여 둔스탄과 함께 날카로운 풍자와 독설로 실력 발휘를 했다. 거의 한 달 동안 이 작은 신문은 수도원 전체를 들썩거리게 만들었다.

한스 기벤라트는 하일러가 자기 맘대로 행동하도록 내버려 두었다. 그리고 하루 종일 넋을 잃고 다니다가 흥미가 떨어진 공부를 시작했다.

어느 날, 리비우스 시간에 이상한 일이 일어났다. 선생님이 한스의 이름을 몇 번이고 불렀지만, 한스는 제자리에 앉아 있을 뿐이었다.

"도대체 어찌 된 일이냐? 왜 너는 자리에서 일어나지 않는 거지?"

선생님이 화를 버럭 냈지만, 한스는 자리에서 머리를 수그리고 눈을 절반쯤 감고 있었다. 이름이 불리자 꿈에서 깨어나기는 했지만, 목소리가 멀리서 울려 퍼지는 것처럼 들릴 뿐이었다.

옆자리의 아이가 심하게 흔들어 깨우는 통에 눈을 뜨니, 많은 눈이 그를 쳐다보고 있었다.

"기벤라트! 너 졸고 있었던 거냐?"

한스는 머리를 저었다.

"흥! 잠자고 있지 않았다고? 그렇다면 어느 문장을 읽고 있었는지 대답할 수 있겠지?"

그러자 한스는 손가락으로 책을 가리켜 올바른 대답을 했다.

"그럼 도대체 너는 무엇을 하고 있었던 거냐? 어디 내 얼굴을 똑바로 쳐다보아라!"

한스는 선생님의 얼굴을 쳐다보았다. 하지만 어딘지 그의 눈초리가 이상하게 느껴졌다.

"기벤라트, 너 어디 몸이 불편한 거냐? 수업 끝나고 내 방으로 오너라."

한스는 자리에 앉아 리비우스 책 위에 엎드렸다. 그는 서서히 넓은 세계에 멀어져 가면서 끊임없이 빛나는 눈을 그 자신 위에 쏟고 있었지만 점점 더 아주 먼 안개 속으로 사라져 버렸다.

그와 동시에 선생님의 목소리와 번역하고 있는 학생들의 목소리는 점점 더 가까워져서 아주 확실하게 들렸다. 그리고 어렴풋이 수업이 끝나고 찾아오라는 선생님의 말이 떠올랐다.

'큰일이야. 대체 내가 무슨 짓을 저질렀단 말인가.'

수업이 끝난 후, 한스는 교무실로 선생님을 찾아갔다.

"한스, 도대체 무슨 일이 있었는지 말해 보겠니? 자고 있었던 것은 아니지?"

"자고 있었던 것은 아닙니다."

"그럼, 네 이름을 불렀을 때 왜 일어나지 않았니? 내 말이 들리지 않은 거니?"

"저도 잘 모르겠어요. 분명 목소리는 들려 일어나려고 했지만 몸이 말을 안 들었습니다."

"그렇다면 몸 어디가 불편한 게 틀림없구나. 좋아, 돌아가거라."

조금 있다가 다시 불려 가 보니, 교장 선생님이 마을 의사와 함께 기다리고 있었다. 의사는 꼬치꼬치 캐물으며 진찰을 했다.

"이 학생은 가벼운 신경 쇠약 증세를 보이는군요. 일종의 현기증입니다. 이 청년을 매일 야외로 내보내지 않으면 안 되겠습니다. 두통에 관한 물약을 처방하겠습니다."

의사 선생님의 지시대로, 한스는 식사 후에 한 시간씩 야외로 나가야 했다. 한스는 이런 조치가 싫지 않았지만, 하일러가 동행하는 것은 금지되었다. 하일러는 분해서 욕을 해댔지만, 오히려 한스에게는 혼자만의 산책이 하나의 즐거움이 되었다.

푸른 싹이 돋아나는 봄이 돌아왔다. 한스는 곳곳에서 싹트는

잎들의 빛깔을 관찰하고 푸른 잎의 냄새를 들이마시며 들판을 걸었다.

언제부터인지 한스는 책을 읽거나 공부를 할 때 집중하기가 어려웠다. 흥미를 끌지 못하는 것은 그림자처럼 손아귀에서 빠져나왔다. 책을 읽고 있으면 책 속에 묘사되고 있는 것들이 하나도 빠짐없이 갑자기 눈앞에 나타나 움직이기도 했다.

그의 기억력은 이미 바닥 상태로 떨어져 있었다. 그는 절망에 빠졌다. 수업 도중에는 아버지나 한나 할머니, 옛날의 선생님이나 동급생 한 사람이 떠올라 집중하는 것을 방해하기도 했다. 슈투트가르트에서 치렀던 주 시험이나 휴가 중에 있었던 일들을 몇 번이고 되풀이해서 경험했다.

어느 따뜻한 봄날, 한스는 하일러와 침실을 거닐며 집안일과 아버지, 학교일에 관해 이야기했다. 하지만 하일러는 입을 꾹 다물고 있었다.

"한스! 나 갑자기 떠올랐는데, 너는 소녀의 뒤를 쫓아가 본 적이 있니?"

조용히 듣고 있던 하일러가 갑자기 입을 열었다.

한스는 그런 일에 대해서는 두려움을 가지고 있었기에 얼굴이 붉어졌다.

"딱 한 번 있었어. 하지만 철없던 아주 어린 시절이었지. 그러는 너는?"

"야, 그런 쓸데없는 이야기는 그만두자."

하일러는 갑자기 시큰둥하게 말했다.

"그렇지 않아. 나는 네 이야기를 듣고 싶어."

한스는 자못 궁금하다는 얼굴로 하일러를 보며 말했다.

"나에게는 애인이 있어. 이웃집 아이야."

하일러가 옛일을 떠올리는 듯 눈을 가늘게 뜨며 말했다.

"지난 겨울에 그녀에게 키스를 했어. 날은 이미 어두워졌을 때였는데, 나는 그녀가 스케이트 벗는 것을 도와주다가 키스를 했지. 그것뿐이야."

한스는 또다시 금단의 정원에서 온 영웅을 보듯 하일러를 바라보았다.

잠자리에 들자, 한스의 머릿속에서 하일러와 연인의 키스가 떠나지 않았다.

점점 더 학교에서 한스의 평판은 땅에 떨어졌다. 한스는 별로 신경 쓰지 않고 그저 지켜보고만 있었다.

한스와 하일러는 교장 선생님의 명령을 위반하고 몇 차례 함께 산책을 하기도 했다. 친구들은 이전보다 두 사람을 더 미워했다.

왜냐하면 하일러가 '고슴도치' 신문에서 학생들을 굉장히 조롱하고 야유했기 때문이다.

거기에 하나의 또다른 사건이 일어났다. 남의 말을 옮기기 좋아하는 어느 학생이 하일러가 한스의 산책에 동행한다는 것을 교장 선생님에게 고자질한 것이다. 그러자 교장 선생님은 하일러를 집무실로 따로 불러들였다.

하일러는 교장 선생님의 '자네'라는 칭호도 거절하고는, 자기는 한스의 친구이기에 서로 교제할 권리가 있다며 반박했다.

두 사람 사이에 심한 언쟁이 있은 뒤 하일러는 서너 시간 감금되었고, 외출이 금지되었다.

다음날, 수업이 시작되자 학생들은 하일러가 없다는 것을 알아차렸다. 학생들과 선생님은 하일러를 찾아나섰고, 숲속을 소리지르며 돌아다녔다.

하일러가 자살했을 거라고 추측한 선생이 많아 경찰에 연락도 하고 하일러의 아버지에게도 우편을 보냈다. 그러면서 한스만은 이러한 사정을 알고 있으리라고 여겼다. 하지만 정작 가장 놀란 사람은 한스였고, 그는 아무런 사실도 모르고 있었다.

한스는 하일러가 다시 돌아오지 않으리라는 불길한 예감에 사로잡혀 어쩔 줄 모르다가 지쳐서 잠이 들어 버렸다.

이 무렵, 하일러는 수도원에서 멀리 떨어진 숲속에 누워 있었다. 추워서 잠은 이룰 수 없었지만 자유로운 기분이었다. 오늘 밤만은 자신의 의지가 교장 선생님의 명령보다 강하다는 생각에 통쾌한 기분마저 들었다.

이틀째 되는 날, 하일러는 어느 마을 밭에 있는 짚단 속에서 잠을 자고 저녁 무렵 마을로 내려오다가 지방 경찰관에게 그만 붙잡히고 말았다.

경찰관은 그를 끌고 마을 면장에게 데려다 주었다. 그리고 이 소식을 들은 하일러의 아버지가 다음날 이곳으로 와 아들을 데리고 갔다.

탈주자가 수도원으로 돌아왔을 때, 수도원 전체의 흥분은 대단했다. 하지만 하일러는 머리를 높이 세우고는 자신의 짧은 여행을 전혀 후회하지 않는 듯 당당해 보였다.

학교에서는 그를 붙잡아 놓으려고 했다. 하지만 겸손하지 못한 하일러의 행동에 학교는 결국 퇴학 처분을 내렸다.

하일러는 그의 벗 한스와 잠시 악수를 했을 뿐 별다른 이야기는 하지 않았다. 그러고는 돌아오지 않을 이별을 했다.

수 주일 동안 사람들의 입에 오르내린 것은 하일러와 그의 도망에 관한 이야기였다. 이제는 그를 날아간 독수리처럼 여기는 사람도 생겨났다. 하일러는 헬라스 방에서 맨 처음 사라진 힌딩거보다 쉽게 잊혀지지 않았다.

한스는 하일러의 소식을 눈이 빠지게 기다렸지만, 그에게는 아무런 소식도 오지 않았다. 하일러의 행동들은 차츰 지난 이야깃거리가 되었고, 마침내 전설이 되었다.

선생님들은 한스가 하일러의 도망을 알고도 모른 척했으리라 여겼다. 교장 선생님도 이제는 그에게서 손을 떼고 비웃음과 동정어린 시선을 보낼 뿐이었다.

기벤라트는 이제 당당한 학생이 아니라, 하나의 나병 환자와 같은 취급을 받았다.

어린 날의 행복했던 추억들

한동안 한스는 이전에 쌓아 놓은 지식을 가지고 버텨 나갈 수 있었다. 그러나 그 후로는 괴로운 생활이 기다리고 있었고, 희망이 조금도 남아 있지 않다는 사실에 그 자신조차 웃지 않을 수 없었다. 그는 모세 오경에 이어 호머를 포기하고, 크세노폰에 이어 수학까지 포기해 버렸다. 그리고 자신의 평판이 점점 내려가 바닥을 치닫는 것을 태연히 바라볼 뿐이었다.

게다가 모든 선생님들이 그를 비난할 때는 오히려 비굴한 미소로 대응하기도 하였다. 복습 지도 선생님만이 한스의 넋 나간 표정을 가슴 아프게 바라보는 유일한 사람이었다. 하지만 다른 선생님들은 화를 내고 경멸하는 식으로 한스를 대하였다.

"혹시 잠들지 않으셨다면, 이 문장 좀 읽어 주시겠습니까?"

가장 화가 난 것은 바로 교장 선생님이었다. 자기의 안목에 대한 자부심이 강했던 그는 신경질적으로 한스를 몰아쳤다.

"이 따위 바보 같은 표정은 집어치워라! 소리내어 통곡을 해도 시원찮을 판에 히죽히죽 웃기나 하다니, 이런!"

하지만 그 무엇보다 한스에게 가장 큰 충격을 안겨 준 것은 아버지의 편지였다. 교장 선생님에게 소식을 전해 들은 아버지는 혼비 백산하여 곧장 편지를 썼던 것이다.

아버지의 편지에는 이해심이 강한 사람이라면 감히 쓸 수 없는 도덕적인 분노가 가득 찼지만, 그 내용에는 애절한 울먹임과 안타까움이 담겨 있어 자식의 마음을 아프게 만들었다.

교장 선생님을 비롯해 기벤라트의 아버지나 선생님들은 한스의 내면에서 그를 방해하는 나쁜 요소들과 길들여진 나태심을 무리해서라도 바로잡으려고 노력했다. 그것은 일종의 의무감이었다. 아마도 동정심 있는 복습 지도 선생님을 제외하고는, 소년의 얼굴에 드리워진 방황하는 미소와 그 속에 숨겨진 사라져 가는 영혼의 떨림, 그리고 절망적인 불안을 알아보지 못했을 것이다. 학교와 아버지의 가혹한 명예심이 상처받기 쉬운 어린 소년의 영혼을 아무 위로 없이 짓밟아 버렸다는 사실을 몰랐던 것이다.

　왜 한스는 가장 감수성이 풍부한 소년 시절에 매일 밤늦도록
공부에 매달려야만 했을까? 왜 라틴어 학교에서 친구들과 고의
로 격리되어 버렸던가? 왜 낚시질을 하면서 마음껏 놀지 못했던

가?

초여름에 의사는 한스의 증세를 거듭 신경 쇠약이라 진단하고, 휴가 중에 충분히 먹고 숲속을 뛰어다니라고 충고했다. 하지만 휴가를 떠나기 3주 전에 또다시 사건이 일어났다.

한스는 오후 수업 시간에 선생님한테 심하게 꾸지람을 들었다. 화가 난 선생님이 욕설을 하는 동안 한스는 의자에 털썩 앉아서는 부들부들 떨다가 울음을 터뜨리더니 그치지 않았다.

다음 날, 그는 수학 시간에 칠판에다 기하의 그림을 그린 다음 증명을 하도록 지명받았다. 그는 앞으로 나가자 현기증이 나서 그만 분필을 몽땅 떨어뜨리고 말았다. 그리고 떨어진 분필을 주우려고 허리를 굽혔는데, 무릎을 구부린 채 일어설 수가 없었다.

마을 의사가 와서는 이 이야기를 듣고 몹시 화를 냈다.

"저 학생은 몸에 경련이 일어나고 늘 불안한 신경병의 일종을 앓고 있습니다. 그러니 어서 빨리 휴가를 보내야 해요."

교장 선생님은 의사의 말에 고개를 끄덕거리고 화난 얼굴 대신 동정 어린 얼굴로 한스를 대했다. 그러고는 한스의 아버지에게 편지를 써 한스를 집으로 돌려보냈다.

교장은 한스가 요양 휴가를 떠나게 되면 두 번 다시 수도원으로 돌아오지 않으리라는 것을 잘 알고 있었다. 설사 완쾌하더라도 수 개월 동안 수업을 빠졌기에, 이를 만회하기란 거의 불가능했다.

"잘 가거라. 한스, 또 만나자꾸나."

교장 선생님은 한스가 돌아간 후 헬라스 방에 들어가 보았다. 주인 없는 세 개의 책상이 눈에 띄었다. 그 책상을 볼 때마다 혹시 천재성 있는 두 학생이 없어진 것이 자기 탓이 아닐까 하는 생각도 들었다.

작은 여행 가방을 들고 떠나가는 신학교 학생의 뒤로 수도원의 자취가 사라졌다. 그 대신에 초원이 나타나고 포르츠하임 시가 나타나고, 검푸른 전나무 숲이 드러났다.

한스는 차츰 고향의 냄새가 짙어지자 마음이 즐거워졌지만, 한편으로는 아버지의 모습이 떠올라 불안감이 밀려왔다. 슈투트가르트로 시험을 보러 가던 일, 마울브론으로 입학하려고 떠났던 여행들이 긴장과 불안감과 기쁨과 교차되어 다시 떠올랐다.

그도 교장 선생님의 생각과 마찬가지로 다시는 신학교로 돌아가는 일은 없을 것이라고 생각했다. 그리고 지금은 자신이 가졌던 그 어떤 희망도 물거품이 되어버렸다는 것을 알고 있었다. 한스는 어떤 것도 슬프게 느껴지지 않았지만, 다만 실망할 아버지를 떠올리니 마음이 아팠다.

그는 여행 가방을 들고 기차에서 내렸다. 아버지가 마중 나와 한스를 바라보았다. 형편 없이 쇠약해져 비틀거리는 아들을 생각했는데, 마르긴 했지만 혼자서 걸을 수 있는 한스를 보니 한편으로는 안심이 되었다.

그러나 가장 맘에 걸리는 것은 의사와 교장 선생님이 적어 보낸 신경병에 대한 불안과 공포였다.

한스는 아버지가 마중을 나온 것만으로도 기뻤지만, 감정을 억지로 자제하면서 자기를 대하려는 아버지의 태도에서 불안감을 느끼기도 했다.

한스는 날씨가 좋을 때면 몇 시간이고 숲속에서 뒹굴었다. 하지만 이는 순간적인 기쁨이었고, 대개는 축 늘어져서 꿈을 꾸는 일이 많았다. 한 번은 꿈속에 하일러가 나온 적도 있었다. 하일러가 죽어서 들것에 누워 있는 것을 보고 다가서려 했으나 선생님들이 그를 밀쳐 내서 다가갈 수가 없었다.

그러다 갑자기 장면이 바뀌어서 누워 있는 것은 힌두였고, 그 옆에는 힌두의 아버지가 서 있었다. 또, 어느 때는 탈주한 하일러를 찾아 숲속을 달리는 꿈도 꾸었다. 몇 번이고 그의 이름을 불렀지만, 이내 사라지고 말았다.

마침내 멈춰 선 하일러는 자신에게는 애인이 있다고 소리치고

수풀 속으로 모습을 감추었다. 때로는 좀 나아진 것도 같았지만, 대체로 그의 건강 상태는 오히려 뒷걸음질치는 것 같았다.

그 무렵, 한스는 처음으로 라틴어 학교에서의 마지막 2년 동안에는 한 사람의 친구도 없었던 것을 떠올렸다.

옛날 교장 선생님과 라틴어 선생님은 한두 번 친절한 말을 건네기는 했지만, 이미 한스와는 아무런 관련이 없는 사람들이었다. 마을 목사가 한스를 돌봐 주었으면 좋겠지만, 그가 무슨 일을 할 수 있을까?

그가 해 줄 수 있었던 건 단 하나, 학문에 대한 탐구심을 제공하는 일뿐이었다.

한스의 아버지도 한스에 대한 실망감과 분노를 감추려고 많은 노력을 했으나, 아들의 친구나 위로자는 될 수 없었다. 그리하여 한스는 세상 사람들로부터 완전히 버림받은 느낌이 되어, 작은 뜰에서 햇볕을 쬐거나 숲속을 뒹굴며 몽상에 사로잡혀 지냈다.

독서는 그에게 아무런 도움이 되지 않았다. 오히려 책을 읽으면 곧 머리가 지근지근 아파 왔고, 수도원 시절의 괴로웠던 기억이 새록새록 살아나 그를 몰아붙였다. 이러한 괴로움과 고독에 휩싸여 소년은 차츰 죽음에 대해 생각하게 되었다. 죽음에 대한 생각은 거의 매일같이 그를 따라다녔다.

그는 행복하게 죽을 수 있는 장소를 물색하다가 조용하고 외딴 곳을 발견했다. 밧줄을 맬 나뭇가지도 정하고, 아버지에게 보낼 짧은 편지와 헤르만 하일러에게 주는 매우 긴 편지도 준비했다.

　죽음에 대한 준비가 갖춰질수록 오히려 그의 마음은 가벼워졌다. 이미 죽음을 결심했기에 얼마 동안은 평온한 마음을 가질 수 있었다. 그리고 먼 여행을 떠나기 전에 주위의 아름다움을 만끽이라도 하듯이 찬란한 햇볕과 고독과 몽상을 마음껏 즐겼다.

　헤어날 수 없어 바둥거리던 괴로운 생각들은 어느새 걷히고, 지칠 대로 지친 한스는 이제 자포자기의 평온하고 나른한 상태가 되었다. 그러한 한스의 모습은 몽유병 환자처럼 보이기도, 어린 아이처럼 보이기도 했다.

　어느 때는 정원의 전나무 밑에 걸터앉아, 라틴어 학교 시절의 옛 노래를 흥얼거리기도 했다.

　　아, 나는 몹시도 피로하네.
　　아, 나는 몹시도 지쳐 버렸네.
　　지갑 속에는 한 푼도 없고,
　　호주머니에도 한 푼 없네.

아버지는 한스의 노래를 듣고 있다가 소스라치게 놀라고 말았다. 이것은 마치 절망에 빠져 있는 정신 박약의 표시 같았다. 그 후로 아버지는 한층 더 날카로운 눈으로 아들을 관찰했다.

그러는 동안에 계절은 벌써 쨍쨍 햇살이 내리쬐는 여름이 되었다. 주 정부의 시험을 본 지 벌써 1년이 지난 것이다. 한스는 이따금씩 그때의 추억을 되살렸지만, 점점 더 감정은 무디어졌다.

다시 낚시질을 하고 싶었지만, 도저히 아버지에게 청할 용기가 나질 않았다. 그래서 물가에 서서 눈을 번뜩이며 헤엄쳐 지나가는 고기 떼들의 움직임을 바라보고, 냇가로 목욕을 하러 갔다.

그러다가 우연히 검사관 게슬러의 집을 지나치게 되었고, 몇 년 전 자신이 좋아했던 엠마 게슬러가 돌아온 것을 발견했다.

그는 호기심을 가지고 그녀를 두어 번 바라보았지만, 예전처럼 호감이 들지 않았다. 그녀는 더 이상 날씬하고 맵씨가 뛰어났던 예전의 아름다운 소녀가 아니었다. 오히려 몸가짐도 흐트러져 보이고, 숙녀처럼 보이려고 애쓰기라도 하듯 어색한 옷차림을 하고 있었다. 한스는 그녀를 만날 때마다 이상하게 달콤하면서도 굉장히 따뜻한 기분이 들었던 예전의 일들을 떠올리고는 슬퍼졌다.

언제부턴가 라틴어와 역사, 그리스어, 신학교, 두통밖에 모르는 사람이 되었지만, 예전의 그는 행복했던 기억으로 가득 찬 사람이었다. 목초를 말리는 일이라든지 클로버를 베는 일, 최초로 낚시질이나 가재잡기를 했던 일, 살구따기 등은 분명 즐거운 일이었다. 또한 길, 층계, 곡식 창고의 바닥, 샘물, 갖가지 사람들과 동물은 신비스러운 매력을 가지고 그를 유혹하기도 했다.

홉을 따는 일을 돕기도 했고, 큰 처녀들이 부르는 노랫소리에 귀를 기울이기도 했다. 하지만 이러한 것은 어느 사이엔가 연기처럼 사라져 버리고 말았다. 맨 먼저 리제의 집에서 밤을 지새는 일도 없어졌고, 일요일 오전의 고기잡이 시간도 없어졌다. 동화 읽기도 홉 따기도 뜰의 물방아도 모두 그만두게 되었다.

한스는 갑자기 아름다웠던 옛 시절을 달음질쳐 돌아가서는 회상의 숲속을 방황하고 있었다. 그 회상이 어찌나 강렬했던지 실제로 지금 그 체험들을 직접 겪고 있는 것처럼 느껴졌다. 그의 유년 시절이 마치 오랫동안 막혀 있던 샘물처럼 마음속에서 뿜어져 올라왔다.

한스의 집은 오래된 돌다리 근처에 있었는데, '게르바 거리'라 불리는 길과 '매 거리'로 불리는 길 두 개의 모퉁이 사이였다.

게르바 거리에는 착실한 본토박이만이 거주하고 있었고, 누구나 자기 집과 묘지와 뜰을 가지고 있었다.

게르바 거리에는 큰 건물은 없지만 아름다운 주택과 기와집들이 한 줄로 늘어서 있어 유쾌함과 밝은 느낌을 주었다.

매 거리는 그와 반대였다. 기울어져 가는 집들은 어두침침하게 얼룩져 음침한 분위기를 자아냈고, 문짝이나 창문은 여기저기 틈이 벌어져 있었다. 이곳에는 가난과 범죄와 병이 자리잡고 있었다.

학교에 들어가서 처음 일이 년 동안 한스는 자주 매 거리로 놀러 갔다. 거기에서 나쁜 소문이 도는 로테 프로월러라는 여자 이야기도 들었다. 그녀는 조그만 여관집 주인과 이혼한 사람이었는데, 5년 동안 징역을 산 전과자였다.

예전에는 소문난 미인으로 남자들이 서로 차지하려고 싸웠지만, 지금은 혼자 살고 있는 여자였다. 그녀는 자신의 집을 활짝 열어 놓고 아낙네들이나 젊은 노동자들, 근처의 아이들이 몰려오면 무섭고도 재미나는 이야기를 들려주곤 했다.

여덟 살 난 한스는 이 집에서 핀켄바인 형제와 친해져, 아버지의 반대에도 불구하고 1년 동안 그들과 어울렸다. 이 형제는 시내에서 제일 가는 악동으로 과일 훔치기와 산림 망쳐놓기로 유명했고, 갖은 꾀를 잘 썼다.

하지만 그곳에서 가장 가깝게 지냈던 상대는 헤르만 레히텐하일이었다. 한쪽 다리가 짧아서 언제나 지팡이를 가지고 다니는 조숙한 고아였던 그는 마른 몸에다 얼굴에 핏기도 없었다. 그러나 손재주가 뛰어났고, 특히 낚시질에 관해서는 굉장한 열정을

가지고 있었다.

한스는 그에게서 낚시질에 대한 열정을 배우고, 둘이 함께 즐겁게 낚시질을 하곤 했다.

절름발이 레히텐하일은 한스에게 똑바로 낚싯대를 자르는 법, 말총을 꼬는 법, 낚싯바늘 거는 법, 날씨 보는 법, 좋은 고깃밥을 고르는 법 등을 가르쳐 주었다. 그는 낚시 도구를 상점에서 사지 않고 일일이 손수 만들어서 쓰기를 고집했다.

한스는 핀켄바인 형제들과는 다툼 끝에 멀어졌지만, 절름발이 레히텐하일과는 다툼도 없이 헤어졌다. 어느 날, 그는 초라한 침대에서 고열로 갑자기 죽고 만 것이다. 매 거리에서 그런 일은 흔했다. 한스는 오랫동안 그의 죽음을 추억 속에 묻어 두었다.

매 거리에는 그 밖에도 이상한 사람들이 많았다. 술 주정 때문에 목이 달아난 우편 배달부 레털러도 있었다. 그는 술에 잔뜩 취하면 길바닥에 나자빠져 소동을 일으켰지만, 평소에는 어린아이처럼 순진하고 다정한 사람이었다.

레털러는 한스에게 달걀 모양의 담뱃갑 냄새를 맡게 해 주고, 한스를 초대해 함께 고기를 먹기도 했다.

또 맨발로 걸을 때도 반드시 커프스를 달고 다니는 나이 많은 기계공 포르시도 유명했다. 그는 성서 구절을 온통 머릿속에 암기한 후에 많은 격언들을 장황하게 늘어놓곤 했다.

"한스 기벤라트 도련님, 내 이야기 좀 들어 보려무나. 그릇된 충고를 하지 않고 나쁜 마음을 먹지 않는 자는 행복해지느니라! 아름다운 나무의 푸른 잎들이 어느 잎은 떨어지고 어느 잎은 새 잎을 피우듯이, 인간의 인생도 이와 같은 거란다."

포르시 노인은 그 밖에 유령 이야기나 괴상한 전설도 많이 알고 있었다. 대개 처음에는 과장된 목소리로 떠들어 대다가, 나중에는 점점 겁에 질린 듯 낮은 목소리에 소름 돋는 속삭임으로 변하곤 했다. 그는 때때로 작은 창가에 앉아 소란한 거리를 침울하게 바라보았다.

그러던 어느 날, 그는 철사줄에 목을 매고 층계에 매달려 있었다. 그 모습은 너무나 섬뜩해 아무도 가까이 다가갈 수 없었다.

밝고 유쾌한 게르바 거리에서 어둡고 침침한 매 거리로 들어설 때마다 야릇한 공기가 한스를 둘러쌌다. 무서운 공포감과 호기심 어린 행복감이 서로 엮는 야릇한 감정을 불러일으키는 공기였다.

매 거리는 지금도 도깨비 이야기나 기적이나 마술, 요괴에 관한 이야기가 그대로 믿어질 유일한 장소였다.

그런 매 거리에서 또 한 군데, 특별한 체험을 할 수 있는 장소가 있었다. 그것은 생가죽을 가공하는 커다란 제혁 공장으로 무척이나 오래된 건물이었다.

이 건물의 지하실에는 비밀 구멍이 있었고, 리제가 아이들에게 동화책을 들려준 곳도 바로 이 집이었다. 굴이나 지하실, 제혁공들이 가죽을 다루는 뜰 등의 모습은 매혹적이었고, 리제는 이곳을 요리조리 돌아다니며 어린아이들과 새, 고양이, 강아지들에게 엄마 같은 역할을 했다.

지금 한스의 생각과 꿈은 이미 아주 오랫동안 떨어져 있었던 세계 속에 들어와 있었다. 커다란 환멸과 고통으로부터 예전의 행복했던 시절로 다시 도망쳐 온 것이다. 두세 번 한스는 매 거리에 가 보았다.

매 거리는 전과 똑같은 어두움과 악취로 가득했다. 늙은 남자들과 누추한 여자들도 여전히 많았다. 핀켄바인 형제 중 한 사람은 담배 공장에 다니고 있는데 술을 많이 마신다고 했고, 또 다른 사람은 칼부림 사건을 일으킨 후 자취를 감추었다고 했다.

그는 추억이 깃든 제혁 공장을 둘러보았다. 구부러진 층계와 현관을 넘어서 어두워진 층계 옆을 지나 다듬이터로 나갔다. 코를 찌르는 듯한 가죽 냄새를 맡으며 추억의 냄새도 함께 마셨다.

다시 층계를 내려가니 가죽의 털과 기름을 짜내는 단지가 놓여 있었고, 리제가 의자에 앉아 한 바구니의 감자를 앞에 놓고 껍질

을 벗기고 있었다.

주위엔 여전히 아이들이 그녀를 중심으로 빙 둘러 앉아 신기한 이야기를 듣고 있었다. 한스는 문턱에 앉아 그쪽으로 귀를 기울였다.

아늑한 평화가 제혁 공장의 뜰에 가득했다. 아이들은 얌전한 강아지처럼 앉아 움직이지도 않고 리제가 들려주는 이야기에 정신이 빠져 있었다.

한스는 잠시 이야기를 듣다가 조용히 어두운 현관을 나와 집으로 돌아왔다. 다시는 어린아이가 될 수 없다는 것과 제혁 공장에서 리제의 곁에 앉아 이야기를 들을 수 없다는 것을 깨달았기 때문이다.

한스는 다시는 제혁 공장이나 매 거리에 발을 들여 놓지 않겠다고 결심했다.

불행을 뒤집어쓴 한스

시커먼 전나무 숲에 붉은 물이 들었다. 이제 가을도 한창 무르익은 것이다.

얼굴이 창백한 예전 신학생 한스는 여전히 매일 산책을 즐겼다. 그는 교제도 하지 않고 조용히 시간을 보냈다.

의사는 그에게 물약과 간유, 달걀, 냉수 마찰 등을 권했다.

아버지는 이런 한스를 서기로 만들거나 무슨 일이라도 배우게 하려고 결심했다.

초기의 혼란했던 마음이 점차 안정되자, 자살에 대한 충동도 차츰 사라졌다. 그러나 아직도 불안과 우울증에 빠져 있었다.

그는 풍성한 가을 들판을 돌아다니며 계절의 변화를 실컷 즐겼다. 바스락거리는 낙엽, 저물어 가는 가을 하늘, 붉은빛으로 물들어 가는 나뭇잎……. 그들과 함께 사라져 버리고 싶다는 마음이 들기도 했으나, 한쪽에서는 자신의 젊은 에너지가 죽음을 거역하고 삶에 집착했기 때문에 더더욱 고민했다.

한스는 나무들이 초록빛에서 붉은빛으로, 다시 잎이 떨어져 헐벗어 가는 과정을 지켜보았다. 또 마지막 과일이 떨어져 생명이 시들어 가는 과꽃도 보았다. 과즙을 짜는 공장이나 물레방앗간은 한창 과일즙을 짜내느라 바쁘게 움직이고 있었고, 시내 곳곳에서는 향긋한 과일 냄새가 사람들을 유혹하고 있었다.

플라이크 아저씨는 아랫마을에서 작은 압착기를 빌려다가 과일즙을 짜내는 일에 한스를 불렀다. 물레방앗간 앞뜰에는 착즙기, 수레, 과일 광주리, 물통, 갈색 찌꺼기, 나무통이 가득했다.

가득 쌓여 있는 과일들과 어린아이들, 맑게 갠 가을 하늘은 삶에 대한 만족감과 환희를 주었다. 사과의 신맛은 식욕을 자극하고, 신선한 사과즙은 햇볕을 받으며 흘러나와 그곳을 지나는 사람이라면 누구라도 한 잔씩 마시지 않을 수가 없었다.

다가오는 겨울을 앞두고 그러한 향기를 실컷 맡을 수 있다는 것은 축복이다. 왜냐하면 포근한 오 월의 단비, 시원한 여름비, 차가운 가을 아침의 이슬, 부드러운 봄 햇살……. 새빨간 꽃, 수

확을 기다리는 과일들의 윤기나는 광택, 이런 모든 아름다운 것과 즐거운 것들을 다시 생각해 낼 수 있기 때문이다.

부자나 가난한 사람들 모두 맛좋은 사과들을 손에 가득 쥐었다. 부대 가득 담긴 과일을 갖지 못하는 가난한 사람들은 컵이나 질그릇으로 맛을 보기도 했다. 하지만 만족스러운 기분만은 누구나 한결같았다. 어린아이들도 저마다 과일즙이 든 컵과 빵 조각을 손에 들고 돌아다녔다.

"한스야! 어서 오너라! 이것 한 잔 마셔 봐라."

한 아저씨가 한스에게 과일즙을 건넸다.

"정말 고맙습니다. 하지만 이젠 너무 배가 불러 터질 지경이에요."

"어어, 이거 큰일이네! 내 사과가 떨어진다! 모두들 좀 도와주시오."

갑자기 좀 귀찮은 일이 생겼다. 사과 자루가 터지는 바람에 사과가 땅바닥에 우르르 쏟아진 것이다. 모두들 두 팔을 걷어붙이고 사과를 주웠다. 다만 몇 명의 개구쟁이들이 사과를 슬쩍 자기 주머니에 넣으려고 했다.

"이 녀석들아! 몰래 호주머니에 넣지 마. 먹고 싶으면 나한테 말하면 되지, 훔쳐 먹는 것은 안 돼."

"어이 친구, 그럼 나한테 한 개 줘 봐. 맛 좀 보게."

"거 참, 꿀맛이네, 꿀맛이야! 어쩜 이렇게 맛이 달까? 참말로 맛있네."

올해도 어김없이 성질이 까탈스러운 노인들이 참견을 했다. 과일즙 짜는 일을 그만둔 지는 이미 오래되었지만, 그들은 이미 오래전 자신들이 했던 그 일에 대해 잘 알고 있었다.

"나도 사과나무를 한 그루 가지고 있었는데 말야. 그 나무 한 그루로도 오백 파운드나 딸 수가 있었지."

노인들은 경제 상황이 나빴는데도, 눈치도 보지 않고 실컷 사과 맛을 보았다. 아직 이빨이 남아 있는 노인들은 사과를 아삭아삭 베어 먹으며 돌아다녔다.

"내가 젊은 청년이었을 때는 말이지, 이런 것쯤 열 개도 문제없었다고."

어떤 노인은 허풍 섞인 말로 사과 열 개를 먹어도 배탈이 나지 않았다고 이야기했다.

바쁘기만 했던 과일즙 짜는 시기가 지나고 한스는 기계공으로 취직을 했다. 아버지는 한스에게 파란 베옷과 모자를 사 주었다. 왠지 대장장이의 옷을 입으니 다른 사람처럼 우습게만 보였다.

학교 선생님이나 교장 선생님의 집, 플라이크 아저씨의 작업

장, 목사의 집을 지날 때면 비참한 기분에 절로 고개가 숙여졌
다. 그토록 애썼던 공부도 이젠 소용이 없었다. 결국 그는 모든
친구들보다도 더 늦게 꼴찌로 견습공이 되어 버린 것이다.

하지만 푸른 대장장이 옷을 입기로 마음 먹자, 얼마간은 새로
운 시작 때문인지 마음이 설레기도 했다. 그러나 이내 불안한 마
음으로 바뀌어 버렸다.

드디어 기다리던 취직날이 되어 그는 푸른 작업복을 입고 게르
바 거리의 쉘레 씨를 찾아갔다. 작업장에서는 벌써 한창 일을 하

고 있었다. 쉘레 씨가 빨갛게 달군 쇠를 올려놓으면 직공들은 무거운 망치로 그것을 두드렸다.

모두 박자를 맞춰 가며 흥겹게 망치질을 하고 있었고, 열어젖힌 문으로 그 소리가 울려 퍼졌다.

작업대에는 나이 든 직공과 아우구스트가 나란히 서서 일하고 있었다. 아우구스트는 새로 들어온 친구를 향해 고개를 끄덕여 눈인사를 하고는 문간에서 기다리라고 일러 주었다.

"여기다 네 모자를 걸어. 이것이 네 자리와 작업대야."

옛 친구는 한스의 모자를 못에 걸어 주고는 그를 작업대로 데리고 갔다. 그러고는 작업하는 방법, 도구 사용법과 작업대를 정돈하고 치우는 법을 가르쳐 주었다.

"그동안 공부만 했다는 이야기는 네 아버지한테 들었어. 내가 보기에도 영 그렇군. 좀 더 요령이 생길 때까지 망치질은 하지 않아도 돼. 그럼 수고해라."

주인은 작업대 밑에서 자그마한 톱니바퀴를 끄집어 내서 한스한테 건네주었다.

"우선 이것부터 해 봐라. 이 톱니바퀴는 달구어진 상태일뿐, 다 완성된 건 아니야. 여기저기 울퉁불퉁하게 튀어나온 부분을 잘 갈아서 없애지 않으면 안 돼. 그러니 줄로 맨질맨질하게 만들거

라. 점심 시간 때까지 우선 여기까지만 해 놔라."

한스는 주인이 가르쳐 준 대로 줄질을 시작했다.

"잠깐, 기다려. 그렇게 하는 게 아냐. 왼손을 줄 위에 이렇게 올려놓고 하면 더 편하잖니. 이제 네가 한번 해 봐라."

한스는 어떻게 하면 잘되는지 생각해 보고 다시 해 보았다. 처음 두어 번 밀어 보니 의외로 톱니바퀴는 연해서 쉽게 밀렸다. 한스는 정신을 똑바로 차리고 열심히 일을 했다.

그는 어린 시절 이후로, 자신의 손 밑에서 쓸 만한 물건을 만드는 기쁨을 맛본 적이 없었다.

"좀 더 천천히 하도록. 줄을 밀 때 하나 둘, 하나 둘, 하고 박자를 맞추도록 해. 그렇게 하지 않으면 곧 줄이 망가지고 말 테니."

주인은 다시 한스에게 주의를 주었다.

저쪽에서는 제일 나이가 많아 보이는 직공이 번쩍번쩍 빛나는 쇳조각을 꺼냈다. 여기저기에 연장이며 쇳덩어리들, 강철 조각, 작은 바퀴, 끌, 둥근 줄, 뾰족한 송곳 등이 널려 있었다. 또 화덕 옆에는 망치며 모루, 덮개, 부집게, 인두가 걸려 있었고 선반에는 기름 걸레, 금강석 줄, 못 상자, 기름, 펌프 등이 놓여 있었다.

한스는 자기의 손이 벌써 시커멓게 된 것을 보고 기분이 날아갈 듯했다. 헝겊을 잔뜩 댄 다른 사람들의 누더기 작업복보다는 자신의 옷이 새 것이었으므로 어서 빨리 자신의 옷도 낡고 헐었으면 좋겠다고 생각했다. 한스는 태어나서 처음으로 노동이 주는 신성함을 느꼈다.

아홉 시가 되자 휴식 시간이 주어졌다. 모두들 각자 빵과 과일즙을 먹었고, 아우구스트는 새로운 견습공 한스를 동료들에게 소개시켜 주었다. 주위 동료들은 한스를 격려해 주었고, 한스가 처음 받게 될 주급으로 다 함께 재미나게 놀 궁리를 했다.

휴식 시간이 끝나고 모두들 다시 일을 시작했다. 시간이 지나자 한스는 서서히 지쳐가기 시작했다. 무릎과 오른팔이 쑤셔 와서, 발을 바꾸어 딛었지만 아무 소용이 없었다. 가만히 선 채 그대로 있으니 현기증마저 날 것 같았다.

"한스야, 너 왜 그러니? 벌써 지친 게냐?"

"네, 조금요. 처음이라서 그런가 봐요."

"조금만 더 익숙해지면 괜찮단다. 이번에는 납땜질을 하는 법을 가르쳐 주마."

주인은 먼저 땜질 인두를 불에 달구어 놓고, 땜질할 곳을 염산으로 닦은 후 불에 달궈진 인두에서 하얀 금속이 흐르게 해 두었다. 그리고 나서 한스는 줄로 톱니바퀴를 매만졌다. 머리가 아프고 팔 다리가 저렸지만, 곧 점심 시간이 되었다.

옛날 학교 친구였던 견습생들이 한스 뒤를 따라오면
서 놀려 댔다.

　"시험 박사 대장장이! 모범생 대장장이!"

한스는 발걸음을 재촉해서 집으로 돌아가 식사를 했다. 아버지는 몹시 기분이 좋아져서 여러 가지를 물어 봤고, 한스는 적당히 대답을 했다.

오전에 한스의 손에 생긴 빨간 물집은 저녁이 되자 더욱 심하게 부풀어 올라 아무것도 손에 쥘 수 없었다. 다음날은 양손이 타는 듯 아파 왔고, 물집은 더 크게 부풀어 올라 터질 지경이었다.

주인은 사소한 일에도 화를 냈고, 비참한 기분이 된 한스는 온종일 시계만 훔쳐보면서 일을 했다.

"한스야, 내일 동료 몇 사람과 함께 뷔라하로 한 잔 하러 갈 건데 같이 갈 거지?"

아우구스트의 제안에 한스는 동의했다. 사실 집에서 푹 쉬고 싶은 생각도 들었지만, 손에 약을 바르고 집을 나섰다. 웬일인지 아버지는 한스의 손에 50페니히까지 쥐여 주면서 잘 다녀오라고 했다.

한스는 오랜만에 따사로운 일요일의 햇살을 맞으며 걸었다. 거리에 나가니 목수는 목수끼리, 미장이는 미장이끼리, 대장장이는 대장장이끼리 자연스럽게 어울리며 서로의 직업에 긍지를 나타냈다.

그중에 가장 우두머리는 기계공으로 은근한 자랑스러움이 깃

들어 있었다. 쉘레의 집 앞에서 젊은 기계공들이 서로 아는 척을 하고 있었다.

"맥주 한 잔 어때? 오늘은 내가 한턱 낼 테니, 마시고 싶은 만큼 마셔도 좋아."

아우구스트의 말에 사내들은 신이 나서 걸어갔다.

한스는 아우구스트가 권한 담배를 받아 들고는 의외로 아무렇지도 않게 피워 댔다.

사내들은 품팔이하던 시절의 이야기를 해댔다.

"내가 프랑크푸르트에 머물러 있을 때 말이야. 돈 많은 장사꾼이 우리 주인의 딸과 결혼하려고 했어. 그런데 딸은 오히려 나한테 마음이 있어서 넉 달 동안 나의 애인이 되었지. 주인 영감하고 싸우지만 않았더라도 지금쯤 그곳에서 영감의 사위가 되어 있을 텐데……."

한 사내가 허풍을 섞어 주인 영감과의 싸움 이야기를 했다. 다른 사람들은 이에 맞장구도 치고, 자신의 이야기도 하면서 거리로 내려왔다.

가파른 오솔길을 걷고 나서 차도를 건너 뷔라하에 도착했다. 여러 요릿집이 있었는데, 가장 좋은 맥주가 있는 '닻', 맛있는 케이크가 있는 '백조', 아름다운 아가씨가 있는 '모퉁이'가 있었다.

어디로 들어갈지 갈팡질팡하고 있을 때, 아우구스트가 주장해서
닻 집으로 들어갔다.

"우리 모두의 건강을 축복하며 다 함께 건배!"

"건배!"

직공들은 자신의 실력을 보이기 위해 한 번에 쭉 술잔을 들이
켰다.

맥주는 차고 시원한 고급품이었고, 한스도 명랑한 기분이 되어 즐겁게 술잔을 들이켰다. 이렇게 일요일에 사람들끼리 인생을 터득하고 즐기는 것도 나쁘지는 않아 보였다. 함께 웃으며 큰맘 먹고 농담도 하면서 시간을 보냈다.

같이 온 다른 공장 직공들도 신이 나서 이야기를 나눴다. 그러고는 자신이 알던 사람의 우스운 이야기를 해 주었다. 이야기 속 주인공은 무모하게도 요릿집의 메뉴를 모두 먹어 보려고 했다. 여러 개의 음식을 맛본 것은 사실이나, 맨 마지막 메뉴가 나오자 그제야 두 손을 들면서 못 먹겠다고 말했다는 것이다.

석 잔째 술을 마신 한스가 케이크가 더 없는지 묻자, 요릿집 주인은 케이크가 떨어졌다고 말했다. 그러자 사람들은 화를 벌컥 내면서 다른 집으로 가자고 했다. 한스는 오히려 다행이라고 여기고 취기가 올라 비틀거리는 다리를 끌며 밖으로 나왔다.

일행은 모퉁이 집으로 옮겨 술을 다시 마시기 시작했다. 커다란 사과 케이크도 시켜 놓고, 서로 재미나는 이야기 보따리도 꺼내 놓으면서 술자리는 점점 더 무르익어 갔다.

한스는 갑자기 어질어질하더니 머릿속에 헬라스 방이며 친구들의 모습이 한데 섞여 몽글몽글 나타났다 사라지는 것을 느꼈다. 커다란 웃음소리도 들렸다가 이내 사라지고 머리가 다시 어지러웠다.

"술 좀 하는구나! 한 병 더 마실래?"

아우구스트가 권하자 한스는 고개를 끄덕이며 술잔을 다시 들었다. 모두가 박자에 맞춰 노래를 부르자 한스도 목청껏 같이 노래를 불렀다. 그동안 술집은 손님들로 가득 찼고, 주인의 아름다운 딸도 나와 있었다.

직공들은 주인 딸에게 짓궂은 농담을 던졌고, 그녀는 오히려 곱상하게 생긴 한스의 얼굴을 보고는 머리를 매만졌다.

한스는 그제야 자신이 술에 취했다는 것을 알았다. 그러고는 조금 있다가 불행한 일이 닥칠 것처럼 불길한 기분이 들었다. 아버지와 있을 충돌이라든지, 내일 아침 일터로 가야 된다는 생각들 때문에 머리도 아파 왔다.

아우구스트가 돈을 치르고 나오자, 다른 직공들이 백조 집에도 들어가자고 난리였다.

"안 돼. 나는 이만 돌아가야겠어."

"하지만 넌 지금 혼자서 걸을 수도 없잖아. 한스야, 브랜디 한 잔만 더 하고 가자. 술이 한 잔 더 들어가면 오히려 속이 좋아질 거야, 응?"

한스는 손에 술잔을 들고 마시려고 했으나 엎지르고 말았다.

심한 구역질이 속에서 올라와 층계를 따라 비틀거리며 내려와서는 마을 밖으로 나왔다.

그는 사과나무 아래쪽 정원에 드러누웠다. 그러자 갑자기 불안하고 공포스러운 마음이 속에서 밀려들었다.

'아버지께 뭐라고 말하지? 내일 아침에 나는 어떻게 될까?'

머릿속은 어지러웠고, 몸이 말을 듣지 않아 도저히 걸어갈 기운조차 없었다. 그러다가 갑자기 조금 전의 기분 좋은 환락의 기억들이 번쩍 하고 다가왔다. 가슴속에서 막연한 영상이며 기억이며 수치감과 자책감이 파도처럼 밀려들었다. 큰 소리로 흐느끼며 숲속에 엎어졌을 때, 날은 이미 어두웠다.

한편, 아들이 저녁 늦도록 돌아오지 않자 화가 머리끝까지 난 아버지는 씩씩거리며 기다리고 있었다.

"흥, 이 녀석! 이제는 아버지가 매를 들지 않을 거라고 생각했나 보지? 돌아오기만 해 봐라. 가만두지 않을 테니까. 고얀 놈 같으니라고!"

아버지는 몽둥이를 마련해 들고 한스를 기다리다가 이내 잠에 곯아 떨어졌다.

그 무렵, 한스는 벌써 싸늘하게 식어 냇물을 따라 내려가고 있었다. 구역질도 괴로움도 모두 잊고 어둠 속에서 물살에 따라 흘러 내려가기만 했다. 어느 누구도 어떻게 그가 물속에 빠지게 됐는지 몰랐다. 길이 험해서 미끄러진 것인지, 혹은 술을 마셔 몸의 균형을 잃은 것인지, 아니면 물이 너무 아름다워 스스로 뛰어든 것인지 아무도 몰랐다.

한낮이 되어서야 한스의 시체가 발견되어 집으로 옮겨졌다.

놀란 아버지는 몽둥이를 내려놓고, 울음도 터뜨리지 않은 채 무표정하게 서 있었다.

깨끗한 침대에 누워 있는 아들은 여전히 고운 얼굴이었고, 영리하게만 보였다. 눈은 지긋이 감겨 있고, 꼭 다물지 않은 입술에는 만족스러운 표정까지도 살짝 보였다.

한스의 장례식에는 많은 사람들이 몰려들었다.

그는 또다시 유명 인사가 되어 사람들의 흥미를 끌었다. 선생님들이며 교장 선생님, 마을의 목사는 한스의 운명에 다시 관심을 가졌고, 엄숙한 이야기들을 했다.

"선생님, 저 아이는 훌륭하게 자랄 수 있었을 텐데요. 왜 거의 예외 없이 가장 우수한 학생들한테 가장 불행한 일들이 일어나는 걸까요?"

"이건 정말이지 괴로운 일이에요. 어찌하여 한스가 저기 누워 있을까요? 그처럼 착실하고 학교 성적도 뛰어난 아이가 행복을 앞두고 별안간 불행을 뒤집어쓰다니……"

"글쎄, 그건 나도 모르겠군요. 나도 그 아이를 사랑하고 있었는데, 이유를 모르겠어요."

플라이크 아저씨도 아버지와 안나 할머니를 위로했다.

"아마 저기 가는 놈들도 한스를 이 지경으로 만드는 데 하나의 원인이 되었을 겁니다."

갑작스런 플라이크 아저씨의 말에 아버지는 펄쩍 뛰었다.

"진정하세요 기벤라트 씨. 나는 단지 한스 같은 아이를 시험에 몰아넣고, 압박하고, 그에게 거짓된 명예심만을 집어넣은 선생님들을 탓하는 거니까요. 아마 당신이나 나나 이 아이에게 여러 가지 소홀했던 점이 있을 거예요. 당신은 그렇게 생각하지 않습니까?"

한스가 잠든 작은 마을에는 푸른 하늘이 펼쳐져 있었고, 골짜기마다 맑은 물이 흐르고 있었다.

플라이크 아저씨는 슬픔에 잠긴 얼굴로 장례식장을 나섰다.

한스는 한때의 아름답고 괴로운 추억을 모두 가슴에 묻은 채 아무 목적 없이 정든 골짜기에 잠들었다. ❀

● 이해 능력 Level Up!

1. 다음은 한스 기벤라트의 아버지 요세프 기벤라트에 대한 설명입니다. 이 글을 통해 알 수 있는 한스 아버지의 성격은 어떤가요?

> 게다가 그는 하느님을 진심으로 섬기는 사람이었고, 웃어른에 대한 예의 범절도 깍듯한 사람이었다. 술을 좋아하기는 했지만 술주정을 부린 적은 없었으며, 가끔 잘못을 저지르기는 하지만 다른 사람들에게 비난받을 정도의 사고는 아니었다.

1) 너무 고지식하다.
2) 성실하고 올바른 사람이다.
3) 겉으로 보이는 면을 중요하게 여긴다.
4) 너무 엄격하다.
5) 다른 사람을 신경 쓰지 않는다.

2. 한스가 주 정부의 시험을 합격해 입학했던 학교는?

1) 신학교   2) 고등 학교   3) 예술 학교
4) 외국어 학교   5) 인문 학교

3. 한스가 시험에 합격한 후에, 여름 휴가 동안 가장 즐겨 했던 일은
   무엇인가요?

   1) 토끼 기르기   2) 대장간에서 일하기
   3) 신문 읽기   4) 꽃나무 가꾸기
   5) 낚시질하기

4. 한스를 좋아하고 아껴 주는 인물로, 다소 편파적이고 믿음에만
   얽매여 사람들의 놀림을 받기도 한 사람은 누구인가요?

   1) 안나 할머니   2) 구둣방 주인 플라이크 아저씨
   3) 대장간 주인 쉘레   4) 라틴어 선생님
   5) 기계공 포르시

5. 한스와 영혼을 나누는 우정을 나눴던 친구의 이름은 무엇인가요?

   1) 에밀 루치우스   2) 카를 하멜
   3) 헤르만 하일러   4) 오토 하르트너
   5) 힌딩거

6. 다음은 교장 선생님이 하일러에게 벌을 주며 한 말입니다. 밑줄
   친 것이 가리키는 것은 무엇인가요?

   > "수년 이래 이곳에서 이런 벌이 내려진 적은 없었다. 십 년이 지나도
   > 사람들이 이 일을 결코 잊지 않도록 해 주겠다."

1) 방에 가두는 벌   2) 매를 맞는 벌   3) 밥을 주지 않는 벌

4) 퇴학   5) 말을 하지 못하게 하는 벌

7. 힌딩거가 사고로 생명을 잃은 장소는 어디인가요?

1) 호숫가   2) 소나무 가지   3) 숲속의 늪

4) 건물 옥상   5) 운동장

● 논리 능력 Level Up!

1. 다음은 자신이 주 정부에서 주최한 시험에 2등으로 합격했다는 소식을 들은 한스가 한 말입니다. 이 말을 통해 알 수 있는 한스의 성격은 어떤지 써 보세요.

> "아쉽다. 그 문제만 정확하게 대답했더라면 내가 수석을 할 수 있었을 텐데……."
> 한스가 자신도 모르게 중얼거렸다.

2. 한스는 신학교에 합격한 후, 자유로운 여름 휴가 기간을 가졌습니다. 하지만 교장 선생님과 목사님의 권유로 다시 공부를 시작

했는데, 한스가 여름 휴가 기간 동안 공부했던 것들은 어떤 것들
이었나요?

3. 하일러가 사라진 후, 더더욱 신경 쇠약 증세에 걸려 공부에 집중
할 수 없었던 한스는 결국 어떤 병을 얻어 집으로 요양을 가게 되
었나요?

4. 다음은 한스가 학교에서 만난 친구들에 대한 설명입니다. ( ) 안
에 알맞은 이름을 쓰세요.

●먼저 슈투트가르트의 교수의 아들 (①   )는 강한 자신감
을 가지고 있었고, 몸도 건장하고 옷도 멋들어지게 입었으며 능숙한
행동으로 같은 방 학생들의 시선을 사로잡았다. 고지의 작은 마을 면
장 아들인 (②   )은 다혈질의 소년이었다.

●한편, 슈바르츠발트의 좋은 집안 출신인 (③   )는 뛰어난
외모에 힘 있게 이야기를 하는 소년이었다.

5. 신학교의 분위기에 적응하지 못하고 방황하며 고민하던 하일러가 택했던 방법은 무엇인가요?

6. 다음은 루치우스가 크리스마스 파티에서 바이올린을 연주했을 때 보인 반응입니다. 선생님들이 이런 반응을 보인 이유는 무엇인가요?

음악 선생님은 화가 머리 꼭대기까지 차 올랐고, 교장 선생님은 이를 유쾌한 듯이 바라보았다.

7. 집으로 돌아온 한스는 괴로움과 고독을 견디지 못해 죽음을 준비했습니다. 죽음을 준비하면서 그가 남겨 놓으려고 했던 것은 무엇인가요?

8. 아우구스트가 여러 개의 요릿집 중에서 처음에 '닻' 요릿집으로 들어간 이유는 무엇인가요?

● 논술 능력 Level Up!

1. 신학교에 입학한 한스는 친구를 사귀는 것이 쉽지 않았습니다. 여러분들이 한스에게 충고해 준다면, 어떤 기준으로 친구를 사귀라고 말해 주고 싶은가요?

2. 다음은 한스의 학교 친구인 에밀 루치우스에 대한 설명입니다. 아래 글을 읽고 에밀이 한 행동에 대해 어떻게 생각하는지 써 보세요.

> 그는 지독한 구두쇠에다가 이미 돈 버는 방법을 터득한 소년이었다. 루치우스는 화장실에 세수를 하러갈 때 맨 처음 아니면 맨 나중에 나타나 다른 아이의 수건을 사용했다. 가능하면 비누도 다른 사람의 것을 사용해 가며 자신의 것을 절약했다.

3. 다음은 하일러가 한스에게 한 말입니다. 여러분 주위에 하일러 같은 친구가 이런 말을 한다면 여러분은 뭐라고 대답할지 생각해 보세요.

> "한스, 너의 행동은 품팔이에 지나지 않아. 너는 어떤 공부든 네가 하고 싶어서 하는 것이 아니라, 단지 선생님과 아버지가 무서워서 할 뿐이야. 나는 20등이지만 매일같이 열심히 공부를 하는 너희들보다 멍청하지 않다고!"

4. 한스의 헬라스 방 친구 힌딩거가 죽었을 때, 한스의 마음은 어떠했을지 생각해 보세요.

5. 교장 선생님은 성적이 떨어지는 한스에게 다음과 같은 충고를 해 주었습니다. 만일 여러분이 한스라면 이 충고를 듣고 어떻게 생각할지 이야기해 보세요.

"내가 자네의 친구를 그다지 좋아하지 않는 다는 것은 알고 있겠지. 하일러는 침착함을 잃어버린 불평가이고, 천재성은 있는지 몰라도 빈둥빈둥 노력하지 않고 생활하는 학생이야. 아마 그는 자네에게 좋지 않은 영향을 미칠 걸세. 내 생각에는 자네가 그로부터 좀 멀어졌으면 하는데, 자넨 어떻게 생각하는가?"

6. 한스는 공부가 주는 압박감과 학교라는 공간이 주는 심리적 괴로움을 견뎌 내기 힘들었습니다. 여러분들도 유난히 학교가 무섭고, 선생님들과 친구들이 미웠던 적이 있다면 어떤 경우에 그러했는지 써 보세요.

 풀이

이해 능력 Level Up!

1. 2)   2. 1)   3. 5)   4. 2)   5. 3)
6. 1)   7. 1)

논리 능력 Level Up!

1. 다른 사람에게 지기 싫어하고 최고가 되고자 노력하는 성격이다.

2. 매일 목사님과 함께 1시간씩 히브리어 공부, 교장 선생님과 함께 2시간씩 호머 공부, 수학 선생님과 함께 일주일에 네 번씩 수학 공부를 했다.

3. 신경성 병의 한 가지

4. ①오토 하르트너, ②카를 하멜, ③헤르만 하일러

5. 신학교를 무단으로 도망쳐 나와 혼자 돌아다니다가 집으로 돌아갔다.

6. 바이올린 연주 솜씨가 엉망이라 찢어지는 소리를 냈기 때문에

7. 아버지에게 보낼 짧은 편지와 헤르만 하일러에게 보낼 장문의 편지

8. 맛 좋은 맥주가 있었기 때문에

논술 능력 Level Up!

1. 예시 : 이기심보다는 양보심을 갖춘 친구, 내가 말한 비밀을 꼭 지켜 주는 친구, 모두 놀고 있을 때 열심히 청소하는 친구, 친구들의 험담을 뒤에서 하지 않는 친구가 좋은 친구라고 생각한다. 겉으로만 친한 척하는 사람보다는 진실된 사람이 좋은 친구가 될 수 있기 때문이다.

2. 예시 : 절약하는 것은 아주 좋은 습관이다. 그렇지만 에밀은 정도가 너무 지나쳐 다른 사람에게 피해를 주었다. 자신의 이익을 위해서만 절약하는 것은 좋은 행동이 아니라고 생각한다. 그리고 어릴 때부터 너무 돈에 연연하면 돈만 중요하게 여기는 사람이 될 수도 있기 때문에 이런 행동은 하지 말아야 한다고 생각한다.

3. 예시 1 : 글쎄 난 그렇게 생각하지 않아. 지금은 공부가 지루하고 싫증이 나기도 하지만, 이걸 꾹 참고 노력한다면 더 많은 지식과 지혜를 얻을 수 있을 거야. 부모님이나 선생님도 나와 같은 학생 시절을 겪었기 때문에 진심 어린 마음으로 내가 훌륭히 성장하도록 충고해 주시는 게 아닐까?

   예시 2 : 난 그동안 너무 바보같이 살았어. 그저 부모님이나 선생님들이 시키는 대로 했지. 이제부터 하일러 네 말대로 나도 내가 하고 싶은 일을 하고 살 거야. 누구도 나 대신 나의 인생을 사는 게 아니니까, 내 인생은 내가 하고 싶은 것으로 채울 거야.

4. 예시 : 친구의 죽음으로 굉장히 슬펐을 것이다. 그리고 만약 죽은

사람이 자신이었다면 어떻게 됐을까 하는 생각에 빠져 기분이 우울해졌을 것이고, 죽은 친구에 대한 안타까움이 클 것이다. 또한 죽은 힌딩거 부모님의 슬픈 모습을 보고, 자신의 부모님에 대한 애정도 새삼 느꼈을 것이다.

5. 예시 1 : 친구와의 우정은 버릴 수가 없다. 교장 선생님한테는 말썽꾸러기일지 몰라도 나에게는 누구보다 좋은 친구이기 때문이다.

   예시 2 : 하일러와 어울리다 보니 성적이 많이 떨어진 것이 사실이다. 나에게 나쁜 영향을 주는 친구들과의 교제는 다시 한 번 생각해 보고 싶다.

6. 예시 : 내가 좋아하는 아이가 다른 아이를 좋아한다는 사실을 알게 되었을 때 너무 학교가 가기 싫었다. 그 친구 얼굴을 보면 너무 서운하고 기분이 우울했기 때문이었다.

초등학생이 꼭 읽어야 할 세계 명작 시리즈